무림오적 49

초판 1쇄 발행 2022년 12월 22일

지은이 ㅣ 백야
발행인 ㅣ 신현호
편집장 ㅣ 이호준
편집부 ㅣ 송영규 최종건 정재웅 양동훈 곽원호 조정범 강준석 최성화
편집디자인 ㅣ 한방울
영업 ㅣ 김민원

펴낸곳 ㅣ ㈜디앤씨미디어
등록 ㅣ 2002년 4월 25일 제20-260호
주소 ㅣ 서울시 구로구 디지털로 26길 111 JnK디지털타워 503호
전화 ㅣ 02-333-2513(대표)
팩시밀리 ㅣ 02-333-2514
E-mail ㅣ papy_dnc@dncmedia.co.kr
블로그 ㅣ blog.naver.com/gnpdl7

ISBN 978-89-267-1879-7 04810
ISBN 978-89-267-3458-2 (SET)

※ 저자와 협의하여 인지는 붙이지 않습니다.
※ 이 책은 ㈜디앤씨미디어(파피루스)가 저작권자와의 계약에 따라 발행한 것으로 본사와 저자의 허락 없이는 어떠한 형태나 수단으로도 내용을 이용할 수 없습니다.

1장 삼 년입니다 7

2장 역성혁명(易姓革命) 41

3장 백년내공(百年內功) 75

4장 북해빙궁(北海氷宮) 109

5장 무림공적(武林公敵) 141

6장 화군악의 행보(行步) 171

7장 삼절공자(三絕公子) 201

8장 한밤의 곤녕궁(坤寧宮) 229

9장 만박거사(萬博居士) 259

10장 거래(去來) 289

1장.
삼 년입니다

이미 지나간 인연에 연연하여 오로지 그것에만 매달리고 있기에는
매년 새로운 인연이 생기고 만들어졌다.
저귀는 노인을 잊었고, 자신의 패배를 기억에서 지웠다.
그건 오늘, 화군악이 아니었더라면
저귀의 뇌리에서 두 번 다시 떠올리지 않았을 기억들이었다.

삼 년입니다

1. 십 년 후에 다시 찾아오마

"푸하하하!"

화군악은 크게 웃었다.

정신을 놓은 것처럼 한참이나 그렇게 웃었다. 대자(大字)로 땅에 드러누운 채, 청명하기 그지없는 가을하늘을 올려다본 채 눈물까지 찔끔 흘려 가며 웃었다.

속이 다 후련할 정도의 패배였다. 아쉽다거나 다시 한 번, 하는 생각이 전혀 들지 않을 정도로 완벽한 패배였다.

사실 화군악은 몇 년 전에도 지금처럼 단 한주먹에 나가떨어진 적이 있었다.

하지만 그때는 다시 한번, 혹은 조금만 내가 더 내공이 쌓이고 숙련도가 오른다면, 하는 오기나 집념이나 고집 같은 감정이 남아 있었다.

이대로 무너질 화군악이 아니다. 반드시 오늘의 빚을 갚아 주마, 하는 마음으로 일어났다.

'뭘 몰랐던 거지, 그때는.'

화군악은 피식 웃었다. 하늘은 파랗고 맑아서 돌이라도 던지면 쨍하고 깨질 것만 같았다.

'이제는 제대로 알 수 있다. 이 시대 최고의 고수는 저 빌어먹을 풍보 주인장이라는 걸. 어떡하든 그를 이길 수 없다는 사실을 말이지.'

화군악은 어이가 없다는 듯 허탈하게 웃었다.

맨 처음 풍보 주인장 저귀에게 나가떨어졌던 당시보다 지금의 화군악은 최소한 세 배 이상 강해졌다.

지금의 화군악은 자타공인(自他共認) 무림 최고수 중 한 명이었다. 열 손가락을 꼽으면 그 안에 반드시 자신의 이름이 들어간다고 화군악은 철석같이 믿었다.

그런데 아무래도 그게 아닌 모양이었다.

하늘 위에 하늘이 있고, 고수 위에 고수가 있는 법이었다. 북방흑제 현명군을 죽이고 멸절사태를 해치웠다고 해서 마냥 들떠 있을 때가 아니었다.

저 철목가주 정극신을 상대할 때만 하더라도 무림오적

서넛이 달라붙어 겨우 해치우지 않았던가.

심지어 무림오적 중 최강이라고 인정하는 담우천조차 겨우 음양마라강시 한 구를 상대하다가 하마터면 목숨을 잃을 뻔했다.

만약 저귀가 나섰더라면, 지금 한주먹으로 화군악을 이렇게 나자빠지게 만든 그 가공할 위력의 주먹으로 마구 팼다면 과연 음양마라강시는 그 주먹을 버틸 수 있었을까.

버티지 못했으리라. 휴지 구겨지듯 처참하게 박살 난 채 아무렇게나 저 황무지 황량한 광야에 나동그라져 있을 것이다. 화군악이 얻어맞은 저귀의 주먹은 그렇게나 강렬하고 파괴적이었다.

우물 안 개구리다, 나는.

화군악이 길게 한숨을 내쉴 때였다.

저벅저벅.

저귀가 걸어오는 소리가 들렸다. 곧이어 대자로 누운 화군악의 곁에 저귀가 털썩 주저앉았다. 그러고는 화군악을 향해 대접을 내밀며 말했다.

"한잔하게."

화군악은 피식 웃었다.

자신을 일격에 쓰러뜨린 후 어딜 갔나 했더니 술을 챙겨 온 모양이었다.

"그러죠."

화군악은 끄응, 하며 몸을 일으켜 앉으며 술이 가득 담긴 대접을 건네받았다. 온몸의 뼈가 어긋난 듯한 고통이 밀물처럼 밀려들었다. 대접을 들고 있을 힘조차 없어서 손이 부들부들 떨렸다.

하지만 화군악은 신음 한 번 내지 않은 채 단숨에 대접의 술을 비웠다. 절로 인상이 찡그려졌다. 찢어진 입속에서 불이 나는 것만 같았다.

"쩨쩨하기는."

화군악은 대접을 내려놓으며 투덜거렸다.

"이왕 위로하는 거 최고급 여아홍(女兒紅)이라도 가져오지, 기껏 가져온 게 백건아(白乾兒)란 말입니까?"

백건아는 곧 화주(火酒)였다. 값싸고 독해서 서민들이 즐겨 마시는 술.

저귀도 대접 가득 담긴 백건아를 단숨에 들이켜고는,

"크으." 하며 입을 열었다.

"이런 상황에는 여아홍이나 죽엽청보다 백건아가 최고지."

"이런 상황이라면…… 패배의 아픔을 달래는 상황?"

"그래. 패배의 쓴맛을 확실하게 느끼게 해 주는 술이 바로 백건아거든."

"흠, 나야 뭐 몇 차례 패배한 적이 있어서 그 쓴맛을 잘 알고 있지만, 풍보 주인장은 지금껏 단 한 번도 진 적이 없지 않습니까? 그런데 패배의 쓴맛이 백건아인지 아닌지 어찌 안답니까?"

"무슨 소리? 나도 패배의 쓴맛을 본 적이 있네."

일순 화군악의 눈이 휘둥그레졌다.

"정말입니까? 풍보 주인장보다 더 강한 자가 있다고요?"

"세상이 워낙 넓잖은가?"

저귀는 어깨를 으쓱거리며 말했다.

"지금껏 그 누구에게도 하지 않았던 이야기네. 그러니 자녀 역시 그 누구에게도 말하지 말게. 특히 담호에게는. 그 녀석에게는 불패(不敗)의 사부로 남고 싶으니까."

"아니, 도대체 누가 풍보 주인장을 쓰러뜨렸다는 겁니까? 언제요? 또 어떻게요?"

화군악은 패배의 쓴맛도, 한 대 얻어맞고 나자빠진 고통과 충격도 잊은 채 저귀에게 매달리듯 가까이 다가앉으며 연신 질문을 퍼부었다.

"너무 가깝다."

저귀는 가볍게 눈살을 찌푸리고는 엉덩이만을 움직여 화군악으로부터 떨어져 앉으며 말했다.

"한 삼십 년 정도 되었으려나? 내가 막 이곳 유명촌에 정착하여 유랑객잔을 열었을 때의 일이었으니까."

저귀는 잠시 기억을 더듬다가 천천히 말을 이어 나갔다.

"어느 날 저녁 무렵, 초로의 키 작은 이가 객잔 문을 불쑥 열고 안으로 들어섰지. 순간 나는 호흡이 멈추고 오한이 느껴질 정도로 긴장했네. 마치 거대한 호랑이 한 마리가 객잔 안으로 어슬렁거리며 들어왔을 때의 기분이라고나 할까."

화군악의 뇌리에 문득 떠오르는 생각이 있었다.

'가만있자, 삼십 년 전이라면 한참 정사대전이 치열할 때가 아닌가? 승리를 목전에 두었던 사마외도의 무리가 오대가문의 역습에 휘말려 그 승부를 알 수 없게 되었을 무렵인데……'

이어지는 저귀의 말이 그의 상념을 깼다.

"그래, 아직도 기억이 생생하군. 그 노인은 다짜고짜 내게 이렇게 말했지. '자네, 소문만큼 강해 보이지는 않는군그래. 아무래도 내가 잘못 찾아온 것 같으이.'라고 말이야."

"허어, 그런 예의 없는 늙은이가 있다고요?"

화군악은 어이가 없다는 얼굴로 말했다.

"처음 만난 상대에게 그런 식으로 말하다니, 노망난 건 아니죠?"

"노망은 무슨. 비록 체구는 조그마했지만 그 풍기는 위엄과 위용은 천하를 뒤덮을 정도로 대단한 노인이었지."

"그래서요? 그 노인과 싸운 건가요?"

"그래. 지금과 달리 당시만 하더라도 나는 꽤 혈기 넘치는 젊은이였거든."

"지금도 혈기는 잔뜩 넘치던데요?"

"그건 자네가 하도 졸라 대니까 그런 게지."

"쳇, 그게 기분 나빠서 단 한 방에 쓰러뜨린 겁니까? 아주 무자비하게 어린애 손목을 비트는 것처럼 조금도 여유를 주지 않고 봐주지도 않고 말입니다."

"무슨 소리인가?"

저귀는 고개를 갸웃거리며 말을 이었다.

"조금이라도 여유를 주었다면, 약간이라도 봐줬다면 오히려 내가 당할지도 모르는 상황에서 어찌 자네에게 여유를 주고 봐줄 수가 있지?"

"네?"

"자네, 뭔가 잘못 생각하고 있나 보군그래. 한 방이라고 해서 다 같은 한 방이 아닐세."

저귀는 침착한 목소리로 말을 이어 나갔다.

"예전에 자네에게 먹였던 한 방은 내 전력을 다한 한 방이 아니었다네. 그때만 하더라도 자네는 내가 슬슬 봐주고 여유를 부려도 될 정도의 수준이었으니까. 하지만 오늘은 다르네. 자칫 방심하다가는 내가 당할 정도로 자네는 성장했네. 그렇기에 전력을 다해 자네와 싸운 거고,

만약 자네가 내 한 방을 피할 수 있었다면 그 후의 승부는 결코 장담할 수 없었을 것이야."

"아아."

화군악의 얼굴이 환하게 밝아졌다.

"그럼 저도 나름대로 성장한 거였군요."

"물론이지. 그것도 꽤 상당한 수준으로 말이지."

"뭐야? 그럼 이제 한 걸음 정도 남은 거네요. 똥보 주인장을 쓰러뜨리려면 말이죠."

"흠. 한 걸음으로는 부족하지 않을까? 최소한 서너 걸음은 더 필요할 것 같은데."

"좋아요! 그럼 다음에는 반드시 그 한 방을 제대로 피한 다음 내 주먹맛을 보여 주겠어요!"

"뭐, 언제든지 덤비게나."

"아, 언제 이야기가 이쪽으로 빠졌죠? 그 늙은이와는 어떻게 되었어요?"

"한 방."

저귀는 머쓱한 표정을 지으며 말했다.

"나도 자네처럼 그 노인의 한주먹을 얻어맞고 그 자리에 쓰러졌네. 나중에 정신을 차리고 보니 노인이 내 옆에 쭈그리고 앉아 있더군. 믿을 수 없는 상황이었지. 당시 나는 조금 젊은 치기가 있어서 마음만 먹으면 천하의 그 누구에게도 지지는 않을 정도의 실력을 지니고 있다고 생각했었거든. 지금 돌이켜보면 참으로 광오하고 어리석은 생각인 게지."

"뭐, 지금도 광오하기는 매한가지잖아요?"

"지금이야 확실히 그 정도의 실력이 되니까."

"진짜요? 그럼 그 노인과 다시 싸운다면……."

"뭐, 지지는 않겠지."

저귀는 어깨를 으쓱거리고는 다시 화제를 돌렸다.

"어쨌든 너무나 당황하고 분한 생각에 나는 자리에서 벌떡 일어나 노인에게 다시 덤벼들려고 했네. 하지만 그때 노인이 웃으며 말하더군. '그래, 십 년. 십 년이라면 천하에서도 손꼽을 실력을 지닐 것 같구나'라고."

노인은 젊은 저귀의 어깨를 다독이듯 매만졌다. 그 한 수에 의해 벌떡 일어나 싸우려던 저귀는 아예 몸을 일으키지도 못했다.

노인의 손에서 흘러나오는, 은은하면서도 막강한 경기(勁氣)를 도저히 이겨 낼 수가 없었던 것이었다.

노인은 사람 좋은 미소를 띤 채 당황해하는 저귀를 내려다보면서 다시 입을 열었다.

"십 년 후에 다시 찾아오마. 그때는 좋은 승부가 될 것 같으니까."

2. 뿌리 한 조각

"그래서."

화군악은 마른침을 꿀꺽 삼키며 물었다.

"십 년 후에 다시 찾아왔나요, 그 늙은이가?"

"아니."

저귀는 고개를 저으며 말했다.

"노인이 떠난 후 나는 처음으로 진심이 되었지. 그 전까지만 하더라도 어차피 세상 밖으로 나갈 생각이 없었으니 대충 무공을 수련하던 나였네. 하지만 그 이후로 절치부심(切齒腐心), 진심으로 노력하고 또 노력했네. 날짜를 세면서, 다시 만날 그날을 위해 처음으로 제대로 수련하기 시작했지."

그렇게 십 년이 흘러 노인과 약속했던 그날이 왔다. 저귀는 새벽부터 일어나 온종일 기다렸다.

하지만 노인은 나타나지 않았다. 저녁이 되고, 밤이 지나고, 다음 날이 되어도 결국 노인은 오지 않았다.

"혹시 햇수를 잘못 셌나 확인하기도 했네. 아니면 노인이 착각한 것일 수도 있겠다 싶어서 다시 일 년을 기다리고 또 일 년을 기다렸네."

그렇게 이십 년이 흘렀을 때, 저귀는 더는 노인을 기다리지 않게 되었다. 헤어졌던 날짜도, 몇 년이 흘렀는지도 기억하지 않았다.

 그리고 다시 몇 년이 흘러 저귀는 담우천을 만났고 담호를 만났다. 또 몇 년이 지나서 강만리를, 화군악을 만났으며, 그리고 올해 여름, 화평장 사람들과 십삼매를 만났다.

 이미 지나간 인연에 연연하여 오로지 그것에만 매달리고 있기에는 매년 새로운 인연이 생기고 만들어졌다. 저귀는 노인을 잊었고, 자신의 패배를 기억에서 지웠다.

 그건 오늘, 화군악이 아니었더라면 저귀의 뇌리에서 두 번 다시 떠올리지 않았을 기억들이었다.

 "아마 죽지 않았을까 싶네."

 저귀는 황무지 저편을 바라보며 말했다.

 "살아 있다면 최소한 팔구십 언저리일 텐데, 아무리 내공의 고수가 오래 산다고는 하지만…… 역시 죽었을 거야. 그렇지 않고서는 나와의 약속을 잊을 리가 없으니까."

 저귀는 혼잣말처럼 중얼거렸다.

 화군악은 가만히 저귀를 바라보다가 불쑥 입을 열었다.

 "삼 년입니다."

 "응? 뭐라고?"

 "삼 년 후, 오늘. 반드시 돌아와 주인장에게 한 방 먹이겠습니다. 그러니 잊지 말고 기다리십시오."

"허어."
 저귀는 어처구니가 없다는 표정을 지었다.
"겨우 삼 년으로 그게 될 거라고 생각하나?"
"물론이죠. 사실 나 역시 아직껏 제대로 진심을 내지 않았으니까요."
 화군악은 자리에서 벌떡 일어나려다가, 온몸의 뼈가 으스러진 듯한 고통에 이를 악물며 억지로 신음을 삼켰다. 그러고는 엉거주춤한 자세를 유지한 채 활짝 웃는 낯으로 저귀를 내려다보며 활달하게 말했다.
"삼 년이면 충분합니다. 내가 진심으로 노력하고 수련할 테니까요."
"뭐, 그러든가."
 저귀는 어깨를 으쓱거리며 천천히 몸을 일으켰다.
"어쨌든 들어가세. 뼈 좀 만져 줄 테니까."

* * *

 저귀의 추나술(推拿術)은 그 솥뚜껑처럼 우악스럽게 생긴 손과는 달리 매우 섬세하고 신속하고 정확하게 화군악의 전신을 어루만지며 어긋난 뼈마디를 원상태로 회복시켰다. 또한 막힌 혈도와 얽힌 기맥을 시원하게 뚫어 나갔다.

저귀의 손길이 지나갈 때마다 우두둑하는 소리와 함께 화군악은 저도 모르게 "으음." 하는 고통과 희열이 뒤섞인 묘한 소리를 내기도 했다.

"일반적인 추궁과혈(推宮過穴)과는 다를 것이네. 내가 이삼십 년 가까이 유명촌 사람들을 치유하면서 독자적으로 개발한 것이라 조금은 투박할지 모르겠지만, 그래도 효과 하나만큼은 확실히 보장할 수 있지."

저귀는 그렇게 말하면서 화군악의 정수리부터 발바닥의 용천혈까지 무려 한 시진에 걸쳐서 끈질기고 섬세하게 주물렀다.

화군악은 어느새 낮게 코를 드르렁거리며 잠들었다. 그만큼이나 저귀의 손길은 따뜻했고 편안했으며 안정적이었다.

화군악이 다시 정신을 차렸을 때는 이미 다음 날 아침이었다.

그는 머리가 맑고 온몸이 개운해진 느낌에 길게 기지개를 켠 다음, 재빨리 정좌하고 운기조식을 시작했다.

내기는 거침없이 기맥을 따라 단숨에 대주천(大周天)을 했는데, 믿어지지 않게도 화군악의 내공이 이 할 이상이나 상승하여 있었다.

'헉! 이게 진짜야?'

기쁨과 놀람을 참으며 순식간에 십이주천의 운기조식

을 끝낸 화군악은 황급히 내공을 끌어올려 보았다.

잘못 느낀 게 아니었다. 확실히, 어제보다 약 이삼십 년 이상의 내공이 늘어나 있었다.

그는 자리에서 벌떡 일어나 서둘러 아래층으로 내려갔다. 마침 저귀는 텅 빈 대청 탁자들을 정성 들여 닦고 있었다.

"아니, 추궁과혈만으로 내공이 이리도 상승할 수 있는 겁니까?"

화군악은 다짜고짜 저귀에게 다가가며 으르렁거리듯 물었다. 저귀는 여전히 탁자에서 시선을 떼지 않은 채 무뚝뚝하게 대꾸했다.

"그래? 그럼 좋은 일이 아닌가? 그렇게 화내듯 쏘아붙일 일은 아닌 것 같은데."

원래 추궁과혈은 전신을 두드리고 쓸어서 막힌 기와 혈을 타통하고 경락을 자극하여 기의 원활한 순환을 도우며 어긋난 뼈와 제자리를 벗어난 오장육부를 회복시키는 효능을 지니고 있었다.

하지만 그 어떤 추궁과혈도 내공까지 상승시켜 주지는 않았다. 물론 막혀 있거나 제 기능을 하지 못하는 기맥과 혈도를 타통하여 내공을 원활하게 운용하게끔 만든다는 건, 곧 그로 인해서 내공을 더욱더 빠르게 쌓을 수 있는 효과를 가져다주었다.

하지만 단 하룻밤 만에 이삼십 년의 내공이 상승하는 경우는 존재하지 않았다.

만약 만해거사가 저귀의 추궁과혈을 보았더라면 모르기는 몰라도 눈에 불을 켜고 달려들 게 분명했다. 도대체 어떤 방식의, 어떤 원리의 추궁과혈인지 알아낼 때까지 저귀를 귀찮게 했을 것이다.

"아니, 일반적인 상식으로 생각해 보자고요. 어디 추궁과혈만으로 내공이 이삼십 년 가까이 늘어날 수가 있느냐 말이죠. 소림의 대환단이나 다른 영약을 복용하지 않는 한 절대 일어날 수 없는 일이니까요."

"글쎄."

"아휴, 그리 잡아떼지 말고 속 시원하게 말씀해 주시라니까요! 도대체 내가 잠들어 있을 때 무슨 짓을 한 겁니까?"

"흠, 나는 그저 추궁과혈을 해 줬을 뿐이네. 그로 인해 뭔가 달라졌다면 그건 오롯하게 자네의 복일 따름일세. 아, 마침 왔으니 아침이나 먹게. 국이 끓고 있으니까."

저귀는 어슬렁거리며 주방으로 걸어갔다.

화군악은 그를 붙잡으려다가 문득 생각을 바꾸고는 자리에 앉았다. 그러고는 지그시 눈을 감고 입을 닫은 채 오로지 코를 통해 길게 숨을 들이마셨다.

냄새가 났다.

조금은 달콤하고 씁쓸하며 알싸한 향기. 언제고 한 번 정도는 맡아 본 향기였다.

화군악은 침을 모았다가 꿀꺽 삼켰다. 역시 맛이 났다. 희미하게 남아 있는 향기와 똑같은, 조금은 달콤하고 씁쓸하며 알싸한 맛. 언제고 한 번 정도는 먹어 본 맛이었다.

'그렇구나.'

뭔지는 모르겠지만 분명 무언가를 먹었다. 추궁과혈 와중에 잠든 그에게 저귀가 뭔가를 먹인 게 분명했다.

나쁜 건 아닐 게다. 당연히 영약, 그것도 아무나 쉽게 구할 수 없는 영약이리라.

순식간에 이삼십 년의 내공을 상승하게 할 정도의, 소림의 대환단보다도 뛰어날 정도의 효능을 지닌 쌉싸래한 맛의 영약이라면…….

"아!"

화군악은 그제야 자신이 이 향과 맛을 어떻게 알고 있는지 깨달을 수가 있었다.

'담 형님의 황금인형설삼, 그것과 향과 맛이 비슷해!'

담우천은 황궁의 보고에서 황금인형설삼을 가지고 나왔고, 이후 그 황금인형설삼은 만년화리의 내단 등 다른 영약들과 함께 탕을 끓여서 화평장 모든 사람들과 함께 나눠 먹었다.

화군악의 기억과 혀가 잘못된 게 아니라면 지금 이 코끝과 입안에서 희미하게 맴도는 그 향과 맛은 확실히 산삼의 향과 맛이 분명했다.

　'그리고 보니……'

　동시에 화군악은 이곳 유명촌에서 그리 멀지 않은 곳에 저 동쪽의 영산(靈山)인 장백산(長白山)이 있다는 사실을 깨달았다.

　그리고 그는 백두산(白頭山) 혹은 백산(白山)이라고도 불리는 장백산에 세 가지 보물이 있다는 이야기를 떠올렸다.

　'하나는 백호(白虎)의 가죽, 또 하나는 교룡(蛟龍)의 비늘, 그리고 마지막 하나가 장백설삼(長白雪蔘)의 뿌리라고 했던가?'

　장백설삼은 오로지 장백의 깊고 험한 심산유곡에서만 찾을 수 있는 삼(蔘)이었으며, 심지어는 죽은 자도 살리고 젊음을 유지하게 해 주며, 무려 백 년의 내공을 얻게 해 준다는 전설의 영약이었다.

　그래서 고래로부터 무수히 많은 귀족과 갑부들은 진시황이 불로초를 찾듯 엄청난 상금을 걸고 장백설삼을 구하고자 했다.

　하지만 장백설삼은 쉽게 구할 수 있는 물건이 아니었다. 수많은 이들이 현상금을 타기 위해 장백산에 올랐다가 힘들게 찾아서 가져온 것들은 장백설삼이 아닌, 일반 장백삼에 불과했다.

'외려 황금인형설삼보다도 그 효능이 뛰어나고 찾기가 어려운 게 장백설삼이라고 했는데…….'

백 년에 한 번 씨를 뿌리고, 다시 백 년이 지나야 꽃이 피며, 거기에서 백 년이 흘러야 비로소 그 효능을 얻을 수 있는 게 바로 장백설삼이었다.

즉, 한 번 캔 자리에서는 적어도 삼백 년 동안은 찾을 수 없는 게 그 장백설삼이었다. 강호에서 흔히 천년설삼(千年雪蔘)이라 부르는 산삼이 곧 장백설삼이었다.

'설마 그 뿌리 한 조각이라도 먹은 걸까?'

화군악은 저도 모르게 꿀꺽 침을 삼켰다. 역시 쌉싸래한 향기가 희미하게 피어올랐다.

"혼자 뭘 그리 싱글벙글하고 있는 거야?"

갑자기 들려온 저귀의 무뚝뚝한 목소리에 화군악은 퍼뜩 정신을 차렸다. 어느새 자리로 돌아온 저귀는 뜨거운 국과 만두를 탁자에 내려놓는 중이었다.

"헤에. 내가 웃고 있었습니까?"

"그래, 미친놈처럼."

"고맙습니다, 주인장."

"응? 그건 또 갑자기 뭔 소리야? 아, 추궁과혈이라면…… 뭐 그 정도는 해 주는 게 당연하지."

"아, 네. 그것까지 포함해서 진심으로 감사드립니다."

"무슨 영문인지 도대체 모르겠군. 뭐, 어쨌든 많이 먹게나. 이곳에 머무르는 동안 잘 먹고 푹 쉬게. 대륙 전역을 떠돌면서 그 축융문인가 벽력당인가 뭔가 하는 자들을 찾아다니려면 그만한 체력이 필요할 테니까."

"지금 당장 출발해도 상관없을 것 같은데요?"

"아니, 그건 아니지. 그간 너무 무리했네, 자네는. 생각했던 것보다 자네의 몸은 훨씬 더 지쳐 있고, 또 엉망이 되어 있더군. 그러니 한 이삼 일 정도는 모든 걸 잊고 푹 쉬면서 온전하게 심신을 회복해야 할 걸세. 아, 돈은 따로 받지 않겠네. 자네의 대장이 떠나면서 주고 간 보옥(寶玉)도 있으니까 말이지."

저귀는 어깨를 으쓱거리면서 말을 이었다.

"알다시피 나는 돈에 그리 욕심이 없는 편이라서 말이지."

3. 닷새의 말미

―무창(武昌) 황학루(黃鶴樓)에 가서 계단 첫 번째 나무 바닥에 이런 표식을 남기고 기다리게. 아직도 그가 살아 있다면 사흘 안에 자네를 찾아올 것이야. 그에게 물어보

면 되네, 벽력당의 현재 위치를.

 북해빙궁으로 향하던 와중, 담우천이 화군악에게 했던 말이었다. 당시 화군악은 고개를 갸웃거리며 이렇게 물었다.
 "만약 사흘 안에 나타나지 않으면요?"
 "그때는 죽은 거겠지. 노망이 들었거나."
 담우천은 아무렇지도 않게 말했다.
 "그리고 자네가 조금 더 고생해야 할 악운을 지녔다는 의미가 되는 거고."
 "아휴, 그런 말씀 마십쇼. 악운도 악운이지만, 그 공 노대인가 뭔가 하는 노인네가 나타나지 않는다면 그때부터는 그야말로 사막에서 바늘 찾는 꼴이 되잖습니까? 그러니 공 노대 말고 또 달리 도움을 받을 만한 사람은 없습니까?"
 화군악은 애타 하는 표정으로 말했다. 담우천은 잠시 생각하다가 입을 열었다.
 "공 노대가 나타나지 않는다면…… 그때는 어쩔 도리 없지. 황계나 흑개방, 혹은 개방의 정보에 기댈 수밖에. 어쨌든 세상의 모든 정보는 그들의 손에 쥐어져 있으니 말이야."
 "이런……."

화군악은 길게 한숨을 내쉬며 고개를 설레설레 저었다.

"그 셋 중에서는 그래도 황계가 낫겠군."

"흠, 십삼매도 벽력당을 쫓고 있지 않을까요?"

불쑥 강만리가 입을 열었다. 화군악과 담우천, 그리고 모닥불 주위에 앉아 있던 이들이 모두 그를 돌아보았다.

강만리는 가볍게 눈살을 찌푸리며 말을 이었다.

"어쨌든 머리 돌아가는 것 하나는 나보다도 뛰어난 그녀이니, 앞으로 강시를 상대하려면 반드시 벽력당의 화력이 필요하다는 것까지 생각했을 겁니다. 그러니 지금쯤 황계 사람들을 시켜서 벽력당을 수소문하고 있을 테고요."

"그럼 굳이 어렵게 돌아다닐 필요가 없지 않습니까? 차라리 벽력당은 십삼매에게 맡기고 우리는……."

"아니, 그러면 안 돼."

강만리는 다급하게 말했다.

"그녀에게 신세를 지는 건 최대한 나중에, 도저히 찾을 수 없어서 포기해야만 할 것 같을 때 져도 늦지 않아. 한 번 신세를 지게 되면 또 어떤 걸로 갚게 될지 모르니까."

강만리가 진저리를 치며 말하던 그때였다.

"정말 십삼매와 황계와 척을 질 작정이십니까?"

불쑥 장예추가 물었다.

"음?"

"오대가문을 궤멸시키면 그때는 황계와 싸울 작정이십니까?"

"설마."

강만리는 어깨를 으쓱이며 웃었다.

"그들이 우리를 건드리지 않는 한 우리가 먼저 건드리는 일은 당연히 없지. 뭐 그건 황계에 국한된 것만은 아니니까. 살막이든 은자림이든, 심지어 황궁이든…… 우리를 건드리려 한다면 절대 가만 놔두지 않을 테니까."

강만리의 단언에 모닥불 주변에 앉아 있던 사람들은 저마다 고개를 끄덕였다.

　　　　＊　　＊　　＊

화군악은 강만리를 이해할 수 없었다. 십삼매의 손을 빌리면 간단하게 해결할 것을 굳이 이리 돌아갈 필요가 있느냐는 게 화군악의 생각이었다.

"그러니까 강 형님은요. 십삼매에게 단단히 삐쳐 있는 겁니다. 직책과 목숨을 걸고 변호했는데 나중에 알고 보니 십삼매에게 속은 꼴이 되었으니까요. 그 이후로는 십삼매를 볼 때마다 아주 물에 불 만난 듯 경기까지 일으키거든요."

화군악은 멧돼지 다리를 뜯어 꾸역꾸역 입안에 밀어 넣

으면서도 쉬지 않고 말했다. 맞은편 자리에 앉아서 함께 식사하던 저귀가 한숨을 내쉬었다.

"정말 말이 많군그래. 왜 자네의 강 형님이 굳이 다른 사람도 아닌 자네를 밖으로 나돌게 했는지 이제야 이해가 가는군."

"그건 또 무슨 말씀이십니까?"

"자네가 하도 시끄럽게 떠드니 귀가 아파서 내쫓은 게 아니고 뭐겠나?"

"헤에, 아니거든요."

화군악은 꿀꺽 고기를 삼킨 후 웃으며 말했다.

"오직 나만이 그 막중한 임무를 수행할 수 있어서 선택된 거라고요. 주인장은 아무것도 모르면서."

"흠, 뭐 그렇다 치세. 어쨌든 시간과 비용과 효용을 따지자면 나도 자네 의견에 찬성일세. 혼자 강호를 돌아다니면서 죽었는지 살았는지 모를 늙은이를 기다리는 것보다는 지금이라도 십삼매를 찾아가 그녀와 함께 수소문하는 게 훨씬 **빠를** 것 같네."

"그렇죠? 역시 주인장이라니까요. 대의 앞에서는 사사로운 감정 정도는 얼마든지 숨기고 속이고 감춰도 되는데 우리 강 형님은 그게 부족하다니까요."

"가만있자, 십삼매가 떠난 지 벌써 열흘 가까이 되었으니 어쨌든 유주를 벗어나 최소한 북경부에는 당도해 있겠군. 그곳으로 연락을 취해 볼까, 자네만 괜찮다면?"

"네? 그런 것도 하실 수 있습니까?"

"허어, 날 뭘로 보는 겐가? 이래 봬도 이 광활한 유주의 유일한 정보꾼이자, 또 유명촌의 실질적인 지배자가 바로 나일세."

"실질적인 지배자라고 하기에는 유명촌에 사람이 한 명도 없잖습니까?"

"응? 뭐, 그건 그렇지. 하지만 곧 왁자지껄 사람들이 모여들 테니 걱정하지 않아도 되네. 천하에는 적을 따돌리거나 몸을 숨기려는 범죄자들이 모래알처럼 많으니까. 그리고 그런 놈들은 또 기막히게 유명촌이 텅 비어 있다는 걸 알고 찾아오거든."

"그런가요? 그런데 북경부에는 아는 사람이 있습니까?"

"장사꾼들이지. 북경에서 유주를 지나 조선이나 여진족과 거래하는 녀석들. 그 친구들과는 가끔씩 전서구를 통해 이런저런 정보를 나누고 있거든."

"흐음. 그럼 혹시 십삼매가 북경부에 있는지 알아봐 줄 수 있습니까? 만약 있으면 내가 갈 동안 그곳에 머물러 있으라고도 전해 주시고요."

"뭐 그게 그리 어려운 일이겠나? 생각난 김에 바로 연락을 취해 보지. 가고 오는 데 사흘 잡고, 알아보는 데 하루 잡으면 넉넉하게 닷새면 알게 될 걸세."

"닷새라······."

"뭐 십삼매를 놓치게 되면 그때 황학루를 찾아가도 늦지 않을 테니까. 그동안 푹 쉬면서 무공이나 수련하게. 자네 정도라면 닷새의 시간만으로도 한 단계 무공을 상승시킬 수 있을 테니까. 오래간만에 찾아온 여유 시간을 함부로 낭비하지 말게나."

그럼 전서구에게나 가 볼까, 하면서 저귀는 자리에서 일어났다.

화군악은 고기를 우물거리면서 뭔가 상념에 잠겼다. 방금 저귀가 자리를 뜨면서 남겼던 말이 화군악에게 꽤 큰 울림으로 다가왔던 까닭이었다.

'그래. 그동안 너무 앞만 보고 달리기는 했어.'

화군악은 고개를 끄덕였다.

종리군과의 싸움에서 내공을 잃게 된 이후로 지금껏 화군악은 그야말로 동분서주했다.

잃어버린 내공을 되찾고, 또 누구에게도 지지 않을 정도의 실력을 쌓고자 노력했으며, 또한 오대가문과 맞서 싸우느라 전력을 기울였다.

자신을 되돌아보고 심와(心窩)를 들여다보면서 수심(修心)하고 연신(練身)을 할 시간이 전혀 없었던 것이었다.

그리고 저귀는 그런 화군악을 꿰뚫어 보기라도 한 듯, 뜻밖에 주어진 이 닷새의 휴식기 동안 보다 더 정련(精

鍊)하라고 권유하고 있었다.

'그럼 오래간만에 제대로 마음먹고 태극혜검을 펼쳐 볼까?'

지금 태극혜검의 수준은 오륙 성 수준에 올라 있었다. 일 년 전보다 일이 성 이상이나 상승했으니 나름대로는 제법 만족할 만한 수준이라 할 수 있었다.

사실 저귀와 맞서기 전 미리 태극혜검을 운용한 채 태극문해와 태극어의(太極御意)를 동시에 시전할 준비를 해 두었더라면, 아무리 저귀의 실력이 천하제일이라 할지라도 단 한 방에 정신을 잃고 나가떨어지지는 않았을 것이다.

순간의 방심, 약간의 허세, 부족한 준비 등등의 사소한 것들이 한데 묶이면서 돌이킬 수 없는 화(禍)를 만든 것이었다.

화군악은 기름기 묻은 손을 아무렇게나 옷자락에 쓱쓱 닦은 다음 곧바로 대청을 빠져나왔다.

언제 보아도 을씨년스러운 풍광이 전면에 펼쳐져 있었다. 사람 한 명 없는 유명촌 일대의 고요한 적막은 절로 사람의 등골을 오싹하게 만들었다.

화군악은 거침없이 앞마당으로 걸어 나가 한 자루 검을 빼 들었다.

군혼(軍魂).

그야말로 전설의 구야자(歐冶子)가 말년에 주조했다는 명검이었으니, 지금 상황에서 보자면 그야말로 가장 잘 어울리는 무기임이 틀림없었다. 어쨌든 무당파의 무공은 검법이고, 태극혜검은 그 무당파 모든 검법의 총화(總和)이니까.

 역시 군혼과 같은 명검으로 펼쳐야만 비로소 올바르고 완벽한 태극혜검을 시전할 수 있는 게 아닐까 싶었다.

 '아니, 그건 아니지.'

 화군악은 고개를 저었다.

 명검 운운하는 건 그야말로 제 글씨가 형편없다고 붓을 탓하는 꼴이 되는 게다. 명필(名筆)이 붓을 가리지 않듯이 경지에 이르게 되면 나뭇가지가 곧 검이 되고 칼이 되었다.

 저 장삼봉 역시 말년에는 검이 아닌 총채만 들고 다니며 무수히 많은 효웅거마(梟雄巨魔)들을 물리친 바가 있었으니까.

 즉, 손에 들고 있는 것이 중요한 게 아니었다. 무엇을 들고도 검처럼 사용할 수 있어야 했다. 그리고 천하제일을 논하려면, 저 뚱보 주인장과 당당하게 맞서 싸우려면 무엇보다 먼저 그 경지에 오르는 게 급선무였다.

 화군악은 호흡을 가다듬었다. 그리고 무당산 천주봉 무애암에서 마주쳤던, 그 수백 개의 검흔(劍痕)을 떠올렸다. 단 한 번의 호흡에, 한 번의 휘두름으로 만들어 낸 무당파 검법의 총화, 태극혜검의 검로(劍路)를 떠올렸다.

―마음이 움직이는 대로 검은 흐르고, 그 검이 가는 길은 곧 초(招)가 되며, 그 수많은 검의 길들이 하나로 귀결되며 식(式)이 만들어지니, 바로 그것이 태극혜검이도다.

머릿속에서 누군가 장엄한 목소리로 말하는 소리가 들리는 듯했다.
화군악은 눈을 감았다. 눈을 감자 더욱더 세세하고 뚜렷하게 떠오르는 검로였다. 화군악은 붓을 들고 글을 쓰듯, 혹은 그림을 그리듯 천천히 그 검이 이끄는 길을 따라 군혼을 움직이기 시작했다.
무당산 천주봉 무애암에 새겨져 있던 검흔이 광활하고 황량한 황무지 구석에서 흙먼지처럼 피어올랐다.
황무지의 날이 차츰 어두워지기 시작했다.

* * *

이미 한밤중이었다.
무려 한 시진 이상이나 이어진 식사 자리가 겨우 끝을 맺는가 싶었더니 뒤를 이어 술자리가 시작되었다. 양의 젖을 발효시켜 만든 시큼한 술에 강만리는 저도 모르게 헛구역질을 할 뻔했다.

"정말 맛있다."

강만리는 활짝 웃었고, 무두르도 웃으며 다시 술을 따라 주었다.

해는 이미 진 지 오래였고 밤은 깊었다. 밤새들이 숲속 어딘가에서 우는 소리가 들려왔다.

넓은 평지 주위를 빼곡하게 에워싼 커다란 나무들 덕분인지, 한밤중의 살을 에는 바람은 평지 안쪽까지 들이닥치지 못한 채 연신 귀신의 울음소리만 내고 있었다.

무두르는 힐끗 밤하늘을 올려다보며 중얼거렸다.

"오늘따라 도로에두가 거칠게 우는군."

도로는 밤이고, 에두는 바람이었다. 양위는 강만리 곁에 앉아서 자신이 아는 만큼 무두르나 다른 여진족의 말을 강만리에게 통역해 주었다.

화평장의 여인들과 아이들은 이미 자리를 벗어난 후였다. 그들은 일반 무사들과 함께 무두르가 지정해 준 움막에서 휴식을 취하는 중이었다.

고묘파 도사들도 마찬가지였다. 오직 태산내내만 이곳에 남은 채, 그들 모두 움막에서 잠을 청하고 있었다.

강만리는 고개를 끄덕이며 천천히 말했다.

"마치 벌써 투웨가 찾아온 것 같다."

겨울을 뜻하는 여진족의 단어, 투웨를 듣는 순간 무두르의 눈빛이 반짝였다.

"투웨? 설마 우리 말을 아는가?"

"아니. 이 친구에게서 얻어들었을 뿐이다."

무두르는 강만리의 손짓을 따라 고개를 돌렸다. 양위를 본 그는 고개를 갸웃거렸다. 어딘지 모르게 눈에 익은 자였다.

양위가 피식 웃으며 입을 열었다.

"나는 보자마자 알았는데 자네는 나를 영 몰라보는군그래."

무두르는 기억을 더듬다가 하마터면 크게 욕설을 퍼부을 뻔했다. 그가 누구인지 알아차린 것이었다.

하지만 그는 이내 이성을 차렸다. 지금 이 자리에서 자신이 화를 낸다면, 그리고 양위라는 자의 정체를 밝힌다면 다른 여진족의 수장들이 절대 가만있지 않을 터였다. 이 안온한 평화는 단번에 깨지고 삽시간에 피바람이 휘몰아칠 것이었다.

그래서였다. 무두르가 강인한 인내심으로 분노와 증오를 끝까지 참은 이유는 바로 거기에 있었다.

"알고 보니 북해빙궁의 잡졸이었구나."

무두르는 다른 여진인들이 듣지 못하도록 낮은 목소리로 웅얼거리며 물었다.

"그럼 네놈들 모두 북해빙궁 사람이더냐?"

강만리는 고개를 저었다.

"손님일 뿐, 북해빙궁 사람은 아니다."

무두르는 살짝 망설였다. 이들이 적인지 아닌지 잠시 고민하는 듯한 모습이었다.

북해빙궁은 여진족의 또 다른 적이었다. 특히 무두르가 속한 우디캐족과는 서로의 영역이 겹치는 곳이 많아 지난 수십 년 동안 크고 작은 싸움을 멈추지 않았다.

담우천이 처음 무두르와 마주쳤을 때도 당시 북해빙궁의 순찰당주였던 양위에 의해서 적잖은 여진족 사내들이 목숨을 잃었다.

무두르에게 있어서 북해빙궁은 종리군이라는 자와 다름없는 적이었다.

그렇다고 이 강만리 일당 모두 적으로 규정해야 하는가, 하면 그건 또 아니다 싶었다. 가뜩이나 북해빙궁, 종리군으로 골치 아픈 상황에서 강만리 일당까지 적으로 돌릴 엄두가 나지 않았다.

무두르는 사람만 제대로 볼 줄 아는 게 아니었다. 잘란을 통솔하고 지휘하는 어전답게 정국을 살피고 형세를 판단할 줄도 알았다.

오로지 용맹함으로 포장한 고집과 아집만으로는 절대 이길 수 없는 적이 있다는 사실도 종리군 일당과 싸우면서 얻게 된 교훈 중 하나였다.

 무두르가 그런 생각을 하면서 잠시 고민하고 있을 때였다. 강만리는 그가 무슨 생각을 하는지 이미 잘 알고 있다는 듯 미소를 지으며 천천히 입을 열었다.

"두 가지를 해결해 주겠다."

"음? 방금 뭐라고 했나?"

"나와 동패(同牌)가 되면 두 가지 고민거리를 해결해 주겠다고 했다."

 일순 무두르의 눈이 휘둥그레졌다.

"두 가지 고민거리? 내가 무슨 고민을 하는지 네가 어떻게 알고 하는 소리지?"

 강만리는 어깨를 으쓱거리며 말했다.

"내게는 터러가 있거든."

 일순 무두르의 얼굴이 딱딱하게 굳어졌다.

2장.
역성혁명(易姓革命)

"내가 지닌 신령은 자네들의 터러와 크게 다르지 않다.
비록 사람은 다르고 종족은 달라도 땅과 하늘은 오직 하나니까.
그 하나의 땅과 하늘에 깃든 수많은 신령과 터러는
여럿이되 결국 하나일 테니까."

역성혁명(易姓革命)

1. 무림일적(武林一賊)

'터러'란 한어로 치자면 신령(神靈)과 비슷한 뜻을 지닌 단어였다. 물론 강만리가 애초 그 단어를 알고 있을 리는 없었다. 양위의 통역을 들으면서 가끔씩 필요한 단어들을 물어봤던 까닭이었다.

"터러? 그게 너에게 있다고?"

무두르는 딱딱하게 안색을 굳힌 채 물었다. 강만리는 어깨를 으쓱거리며 말했다.

"그게 아니면 지금 그대가 고민하는 게 무엇인지 내가 어찌 알겠나?"

"으음, 그럼 그것부터 말해 보라. 내가 뭘 고민하는지,

그리고 어떻게 해결해 주겠다는 건지 말이다."
"먼저 나와 동패가 되겠다고 한다면."
"듣고 나서 결정하지."
"싫은데? 내가 손해거든. 자네가 듣고 나서 내 계획만 쏙 빼먹으면 어쩌려고?"
"날 그리 못 믿는가? 아니, 그 전에 터러를 가진 자가 내가 어떤 인물인지조차 모르고 있다는 건가?"
 무두르의 물음은 직설적이었고 그만큼 강렬했다. 강만리는 살짝 당황한 기색을 감추지 못했다. 하지만 그는 곧이내 평온한 태도로 말했다.
"내 터러는 불완전하거든. 완벽한 터러를 지녔다면 어찌 내가 그 종리군이라는 애송이에게 쫓겨서 이곳 북해까지 도주했겠는가?"
"흐음."
 그 말에도 일리가 있다 싶었는지 무두르의 부릅뜬 눈에서 살기가 옅어졌다. 강만리는 계속해서 말을 이어 나갔다.
"그래, 좋다. 먼저 이야기해 주마. 터러가 아닌 내 감(感)으로 자네를 믿어 보겠다."
 강만리의 말에 무두르는 팔짱을 끼며 허리를 곧추세워 앉았다. 제대로 경청하겠다는 의미인지, 아니면 무의식적으로 자신을 방어하겠다는 행동인지는 아직 불명했다.

'대체적으로 팔짱을 끼는 건 보수적이고 보호적인 행동이지. 상대에게 허를 찔렸을 때, 혹은 속마음을 감추고 싶을 때 주로 하는 행동이다.'

강만리는 포두 시절 수많은 용의자를 만나 신문했기에 그들이 무의식적으로 내비치는 행동과 표정의 의미에 대해서 익히 잘 알고 있었다.

그렇게 오랜 포두 경험을 통해서 얻은 직관력은 무림인이나 황궁 사람들은 물론, 이렇게 이민족을 상대할 때도 상당한 도움이 되고 있었다.

강만리는 계속해서 이야기를 이어 나갔다.

"아까도 말했다시피 우리는 북해빙궁의 손님들이다. 그것도 제법 중요한 손님이라 할 수 있지. 우리의 말을 빙궁 사람들이 허투루 들을 수 없을 정도로 말이다. 그러니 북해빙궁에 당도하면 자네들이 북해 일대에서 마음껏 수렵할 수 있도록 해 주겠다."

일순 무두르의 눈빛이 반짝였다.

"북해빙궁과 자네의 족속이 매번 싸우는 건 서로의 영역에 대한 경계가 확실하지 않아서가 아니다. 서로 대화를 나누려는, 평화를 유지하려는 의지가 부족하기 때문이다."

잠자코 듣고 있던 무두르가 불쑥 물었다.

"왜 빙궁의 개자식들과 대화를 나눠야 하는데?"

양위의 표정이 싸늘해졌다. 강만리는 어깨를 으쓱거리며 대꾸했다.

"대화를 나눠야만 서로의 속내를 확인할 수 있으니까. 마치 지금처럼 말이다."

"흐음."

"만약 우리가 만약 사간포에서 대화 한 마디 없이 치고받고 싸웠다면, 지금의 자리는 만들어지지 못했을 것이다. 아마도 자네의 잘란과 우리는 평생의 적이 되어 먼 훗날까지 계속 싸우게 되었겠지. 어느 쪽 하나가 멸절하기 전까지 말이다."

"흠, 그건 그렇군."

무두르가 동의한다는 듯 고개를 끄덕이며 말했다.

"그럼 역시 그때 몰살하라는 지시를 내리지 않고 너와 대화를 시도했던 내가 대단했던 게로군."

강만리는 쓴웃음을 흘리며 말했다.

"맞다. 확실히 대단하다, 자네는. 그래서 내가 이렇게 자네와 마주 앉아서 이야기를 하고 있는 게다."

"하지만 북해 일대의 순록과 늑대가 맛있기는 해도 사냥감은 이곳도 충분하다. 그러니 지금 당장 문제가 될 건 전혀 없다."

"거짓말."

"거짓말이라니? 내가 겨우 니칸 따위에게 거짓말을 할

거라고 생각하느냐?"

무두르의 목소리가 커졌다. 강만리는 침착하게 말했다.

"지금 자네의 이야기는 곧 두 번째 고민과 연결되어 있지. 종리군이라는 자에게 협력하기로 한 여진족 무리들이 계속해서 병력을 모으며 서쪽으로, 남쪽으로 집결하고 있을 테니까. 그 바람에 이미 이 사간포 일대는 그들의 진격을 막기 위해서 자네의 잘란과 또 아직 종리군에게 협력하지 않는 소수의 족속이 치열하게 전투를 벌이는 장소가 되었을 게다."

일순 무두르의 눈이 휘둥그레졌다.

"아니, 그걸 어찌 알고 있지?"

"말하지 않았나? 내게는 터러가 있다고."

"으음."

무두르는 그제야 비로소 강만리의 터러가 사실인지 궁금해하는 표정을 지었다.

강만리는 여전히 태연하고 진실한 얼굴로 거짓말을 이어 나갔다.

"내가 지닌 신령은 자네들의 터러와 크게 다르지 않다. 비록 사람은 다르고 종족은 달라도 땅과 하늘은 오직 하나니까. 그 하나의 땅과 하늘에 깃든 수많은 신령과 터러는 여럿이되 결국 하나일 테니까."

강만리의 말이 어려웠을까. 무두르는 몇 번이고 그의 말을 곱씹었다. 이윽고 무두르는 이해했다는 듯 한 차례 크게 고개를 끄덕이며 입을 열었다.

"그렇지. 결국 터러와 신령은 말이 다를 뿐이지 하나인 거지. 좋아, 네게 터러가 있다는 건 인정하겠다. 하지만 아직 문제는 남아 있다."

무두르는 한숨을 내쉬며 말을 이었다.

"지금 이곳 만주에서 살아가는 대부분의 족속은 이미 종리군이라는 니칸에게 속아 넘어가 모든 족속을 하나로 묶어서 대륙을 정벌, 과거 '암반 알춘'의 영광을 되찾으려 하고 있다. 그에 항거하는 족속은 나의 잘란을 비롯해서 몇 잘란 되지 않는다. 힘과 용맹으로 따지자면 나의 잘란만큼 위대한 족속은 없지만, 아무래도 숫자에서 커다란 차이가 나는 건 어쩔 수가 없다."

그의 말이 이어지는 동안 양위가 옆에서 소곤거렸다.

"암반 알춘은 곧 과거 대금(大金)을 칭하는 여진의 말입니다."

강만리는 이미 짐작하고 있었다는 듯이 묵묵히 고개를 끄덕였다.

과거 수많은 부족의 통일을 이룬 여진족의 나라 금(金)은 송(宋)과 연합하여 대요(大遼)를 멸망시켰다.

이후 북송(北宋)이 배신하여 금을 공격하였는데, 외려

금에게 역공을 당해 북송은 멸망하고 항주를 수도로 하는 남송(南宋)만 남아 겨우 한족의 명맥을 유지할 수 있었다.

이후 금은 급격하게 세력을 키운 몽골의 제국과 남송의 연합 공격을 버티지 못하고 멸망하였으며, 몽골 제국은 다시 송까지 무너뜨리고 대륙의 땅에 대원(大元)을 세우고 통치하였다.

그로부터 백 년 가까운 세월이 흘러 한족이 다시 그들을 물리치고 새로운 국가를 세웠으니, 바로 지금의 대명(大明)이었다.

그렇게 생각하면 여진족이 저 거대한 대륙을 지배했던 건 불과 이백 년도 되지 않았다.

즉, 아직도 여진족에게는 '저 거대하고 풍요로운 대륙이 우리 땅이었는데, 지금은 이렇게 춥고 헐벗은 곳에서 살아가야 한다니' 하면서 과거를 그리워하고 현실을 안타까워하는 이들이 적지 않을 터였다.

짐작하건대 종리군은 그런 여진족의 향수(鄕愁)와 옛 영광에 대한 추억에 불을 지펴서, 또다시 대륙을 정벌하게 만들고자 하는 것이었다.

'그렇구나!'

거기까지 생각이 미친 강만리의 안색이 딱딱하게 굳어졌다. 그제야 비로소 종리군이 어떤 생각을 하고 있는지, 왜 새외를 떠돌아다니고 있는지 알게 된 것이었다.

'그 종리군이라는 녀석, 당금 황실을 무너뜨리고 역성혁명(易姓革命)을 일으켜 새로운 천자(天子)가 되려는 중이다.'

이 얼마나 대담무쌍한 발상이고 계획이란 말인가.

강만리의 심장이 절로 쿵쾅거렸다.

'무림이 아니라 천하의 주인이 되고자 하다니……. 강호가 아닌 대륙을 지배하는 자가 되려 하다니…….'

강만리는 마른침을 꿀꺽 삼켰다.

물론 그런 생각을 한 자가 없었던 것도, 또 그런 계획을 세워서 마침내 천하의 주인이 된 자가 없었던 것도 아니다.

나라의 이름이 바뀌고 새로운 왕조(王朝)가 세워진다는 건, 곧 역성혁명이 성공했다는 의미였으니까. 심지어 지금의 대명을 이룩한 홍무제(洪武帝) 역시 태생이 거지였고 탁발승(托鉢僧)이었으니까.

왕후장상(王侯將相)의 씨는 따로 없다는 말은 또 그래서 생겨난 말이 아니던가.

'하지만 그런 일을 누구나 쉽게 생각하고 계획하여 진행하는 건 아니다. 저 경천회(驚天會) 정도 되는 세력이 아니라면…… 음? 설마?'

강만리의 안색이 새파랗게 변했다.

'종리군이 역성혁명을 꿈꾸고 있다면, 같은 목적을 지

닌 경천회와도 연이 닿아 있을 수도 있겠구나.'
 경천회는 황궁 연쇄살인 사건을 일으켜 당금 황제와 황태자를 살해하고, 나아가 삼황자 주건을 황제로 옹립하려는 자들의 모임이었다.
 강만리는 그 경천회의 주축으로 건곤가를 의심하고 있었고, 황태자 주완룡은 따로 그에게 거액의 청부금을 건네며 경천회의 전모를 밝히라는 청부를 한 적도 있었다.
 그리고 태극천맹의 맹주 정문하도 정유를 내주면서 그와 비슷한 부탁을 했다.
 지금 강호, 아니 대륙의 어둠 속에서 준동하고 있는 자들이 바로 경천회였으며, 그 경천회와 종리군이 서로 밀약의 맹세를 하고 손을 잡고 있을 가능성이 매우 농후했다.
 '그렇군. 우리가 유명촌 유랑객잔에 들를 거라는 것을 종리군은 이미 알고 있었다. 그 종리군이 건곤가에게 연락을 취했고, 그래서 오대가문의 연합군이 그토록 **빠르게** 우리를 쫓아올 수 있었던 것이다.'
 정신이 번쩍 들었다. 그동안 지니고 있던 모든 의구심이 한꺼번에 해결되면서 강만리의 머리가 맑아졌다.
 '군악 말로는 결코 평범한 녀석이 아니라고 했는데.'
 강만리는 새삼스레 종리군에 관해서 생각했다.
 강만리들과 함께 무림오적의 후보 중 한 명이었다가 최

종 심사에서 떨어졌다고 했다. 지략은 출중하고 박식하며 말재간도 뛰어난 인물이라 했다.

거기에다가 무공 또한 당시의 화군악에 버금가는 수준이라고 했으니, 그야말로 무림오적(武林五賊)이 아니라 홀로 무림일적(武林一賊)이 되어도 충분할 만큼의 역량과 재주를 지녔다고 할 수 있겠다.

'그런 인재를 탈락시킨 이유는 결국…….'

너무 큰 야심(野心)을 지녔던 것이다.

황계에서 오대가문과 태극천맹을 괴멸하는데 사용하는 하수인(下手人)으로 사용하기에는 종리군의 야심과 능력이 너무 뛰어났던 까닭이었으리라.

어쩌면 외려 황계까지 그에게 잡아먹힐지 모른다는 불안과 두려움에 휩싸였을지도 모른다. 고양이를 키우는 게 아니라 호랑이를 키운다는 생각이 들었을 수도 있었다.

그렇지 않고서야 강만리보다 뛰어난 지략과 설벽린보다 뛰어난 화술과 화군악이나 장예추에게 버금가는 무위를 지닌 그를 탈락시킬 이유가 없었다.

'종리군, 종리군이라…….'

그렇게 화군악의 옛 벗이자 무림오적의 후보 중 한 명이었던, 지금은 새외를 떠돌아다니며 온갖 인재를 모으고 있는 종리군의 이름을 되뇌는 강만리의 머릿속이 복잡하고 빠르게 움직이고 있었다.

2. 내 친구다

여진족은 자신들이 사는 대륙을 만주라 칭했다.

만주는 북쪽의 대흥안령산맥과 동쪽의 우거진 산림을 제외한다면 유주보다 백 배는 넓고 광활한 평야로 이루어져 있었다. 비록 대륙보다는 추운 땅이지만 그래도 여진족이 수렵과 농사로 살아가기에는 충분한 땅이기도 했다.

북해는 여진족의 말로 바이칼이라 했다. 바이칼은 곧 물고기가 많이 잡히는 호수라는 의미의 단어였다. 삼백 개가 넘는 강에서 물이 유입되는 담수호(淡水湖)이며, 깊이는 오백여 장이 넘어서 세상에서 가장 깊은 호수라고 알려져 있다.

북해로 유입되는 강물은 삼백 줄기나 되지만 북해의 물이 빠져나가는 강은 오직 하나, 안가라[安加拉]강이었다. 안가라강은 북쪽을 따라 유유히 흐르다가 예니세이[叶尼塞]강에 합류, 동토(凍土) 북극해로 빠져나간다.

북해는 온갖 물고기가 살고 있으며, 또한 그 수가 매우 풍부해서 수십 부족의 잘란이 먹고 살 수가 있었다. 또한 순록도 그 수가 매년 늘어날 정도로 많아서 사냥감으로 충분했다.

그뿐이 아니었다. 북해 남쪽의 대흥안령산맥에도 역시 수많은 종류의 동물이 살고 있으니, 북해 일대는 수렵의 족속에게 있어서 가히 천혜(天惠)의 땅이라 할 수 있었다.

무두르의 잘란과 북해빙궁의 다툼은 게서 비롯되었다.

여진족은 천하가 열렸을 때부터 북해 일대의 땅이 자신들의 것이라고 생각했다. 당연히 빙궁이 북해의 터줏대감처럼 눌러앉은 게 못마땅할 수밖에 없었다.

반면 빙궁 역시 수시로 출몰하여 순록을 사냥하고 물고기를 잡는 여진족이 마음에 들 리가 없었다. 대화보다는 시비를 먼저 걸고 싸움이 평소 인사인 그들과 화평하게 지낼 리도 만무했다.

그렇게 수십 년 동안 서로 싸워 온 까닭에 그 감정의 골은 대흥안령산맥보다 깊고 넓었다.

하지만 강만리는 의외로 간단하게 해결할 수 있을 거라고 생각했다. 북해빙궁이 한발 물러서고, 여진족이 조금만 예의를 갖춘다면 별 탈 없이 서로의 경계를 넘나들며 사냥을 하고 물고기를 잡을 수 있으리라 여겼다.

문제는 종리군에게 포섭된 잘란들이었다. 무두르의 말에 따르자면, 그 규모는 이미 모든 여진족의 칠 할을 넘었다고 했다. 어쩌면 내년, 혹은 내후년에 수십 만의 여진족이 대륙을 정벌하기 위해 기치(旗幟)를 올릴지도 몰랐다.

여진족은 절대 오랑캐 족속이라고 얕볼 상대는 아니었다. 여진족 만 명이 하나로 뭉치면 그 누구도 싸워 이길 수 없다는 말이 괜히 생긴 게 아니었다.

이미 대금 시절 그 위용을 보여 주었던 철기병과 갑옷을 두른 괴자마(拐子馬)의 무위는 일반 군대만으로는 도저히 막을 수가 없었다.

또한 비화창(飛火槍)과 진천뢰(震天雷) 등 역시 대금 시절 만들어진 폭탄이었으니, 여진족이 제대로 마음을 먹고 준비한다면 평화로운 대명의 국경은 생각보다 간단하게 허물어질 게 분명했다.

'그들이 발호(跋扈)할 수 없게 미리 싹을 잘라야 한다.'

강만리는 황태자 주완룡을 떠올리며 그렇게 결심했다.

물론 자신이나 화평장 사람들의 안위는 중요했다. 하지만 나라의 안위 역시 중요한 일이었다.

더더군다나 주완룡은 강만리와 각별한 관계가 아니던가. 비록 한 스승을 모시고 가르침을 받지는 않았지만 서로 사형, 사제 운운할 정도로 친분을 유지하는 사이였다.

강만리는 무두르를 바라보며 입을 열었다.

"자네의 잘란은 왜 종리군과 한편이 되지 않았지?"

"그 여우 같은 니칸!"

무두르는 짜증스레 말했다.

"생긴 것부터 마음에 들지 않았다. 말하는 것도 구린내가 났다. 뭔가 꿍꿍이속을 감추고 있는 것 같았다. 무엇보다 과거는 과거, 현재는 현재다. 우리가 행복하고 평온하다면 굳이 대금의 옛 영광을 되찾을 이유가 하나도 없다."
"자네와 뜻을 같이하는 추장의 수는?"
"큰 추장에서 작은 추장까지 대략 스물, 그 정도다."
일순 강만리의 얼굴이 굳어졌다.
'이런, 칠 할을 넘은 게 아니라 팔 할에 가까워졌군그래.'
여진족의 추장은 물론 정확한 그 수를 헤아릴 수 없이 변동이 잦기는 하지만, 그래도 일반적으로는 백 명가량이 있다고 했다. 그중 스물이라면 겨우 이 할에 불과한 것이다.
그런 강만리의 마음을 눈치챈 듯 무두르는 그의 눈치를 살피며 말을 이었다.
"하지만 우리 쪽 추장들이 훨씬 더 강하고 대단하다."
"아아, 그렇겠지."
강만리는 한숨을 쉬며 엉덩이를 긁적였다.
이 할 대 팔 할의 싸움이라······.
생각보다 쉬운 싸움이 아니었다.
'아니지. 생각보다 쉽게 해결하면 되는 게 아닌가?'
강만리는 자신이 해야 할 일들에 대해서, 그리고 담우천과 장예추들이 할 수 있는 일들에 대해서 잠시 고민했다. 이윽고 생각을 정리한 강만리는 무두르를 향해 말했다.

"먼저 북해빙궁을 찾아가겠다. 그곳에서 자네의 첫 번째 문제를 해결한 다음, 다시 두 번째 문제를 해결해 주겠다. 어떤가? 이 정도면 우리와 동패가 되겠는가?"

무두르는 눈살을 찌푸렸다.

"어떻게? 제대로 된 설명 없이 말로만 문제를 해 주겠다고 하는 건 누구나 다 할 수 있다."

"내가 이야기할 수 있는 건 거기까지다. 그다음은 자네가 나를 믿고 신뢰할 수 있는지, 내게 등을 맡길 수 있는지의 문제이다."

강만리의 말에 무두르는 눈을 부릅뜨고 험악한 인상을 지으며 그를 노려보았다. 어지간한 사람은 겁에 질리거나 혹은 반사적으로 칼을 뽑을 정도로 위협적인 눈빛이었다.

그러나 강만리는 표정 하나, 자세 한 점 변하지 않았다. 여전히 느긋하고 침착한 자세를 유지한 채 무두르의 그 살기등등한 눈빛을 가만히 바라보았다.

이윽고 무두르의 눈동자에서 살기가 사라지고 표정이 풀어졌다. 아무래도 무두르의 시험을 통과한 모양이었다. 무두르는 껄껄 웃더니 자리에서 일어나며 말했다.

"좋아. 이제부터 너는 내 친구다."

강만리는 무두르가 왜 일어서는지 이해하지 못한 얼굴로 양위를 돌아보았다.

양위가 웃으며 낮은 목소리로 소곤거렸다.

"이들의 인사법입니다."

포요(抱腰)하고 접면(接面)하는 것이 친구를 대하는 여진족의 인사법이라는 게다.

강만리는 영문도 모른 채 자리에서 일어났다. 무두르가 다가오더니 강만리의 허리를 꼭 껴안은 다음 얼굴을 가져다 비벼댔다. 강만리는 저도 모르게 움찔거렸지만 다행히 그를 밀어내는 불상사는 일으키지 않았다.

'포요하고 접면한다는 게 이걸 말한 게구나.'

강만리는 그렇게 생각하며 무두르의 구린 냄새를 한참이나 맡았다.

그건 강만리뿐만이 아니었다. 무두르가 그렇게 강만리와 인사를 나누자 잘란의 여러 족장들 또한 자리에서 일어나 화평장 사람들과 포요, 접면의 인사를 나누기 시작했다.

잘란의 족장들은 익숙한 자세와 표정이었지만 화평장 사람들은 그렇지 못했다. 다들 엉덩이를 뒤로 뺀 채 엉거주춤한 자세로 잘란 사람들과 인사를 하고 있었다.

하기야 공식적인 자리에서 여인과 얼굴을 비벼도 부끄럽고 쑥스러울 판에, 사내들끼리 포옹하고 얼굴을 비벼대는 건 확실히 견디기 힘든 일이었다.

어색하고 힘든 인사의 시간이 끝나자 이번에는 다시 술잔치가 벌어졌다. 서로 다른 두 무리가 벗이 된 날이었다.

여진족이 생각하는 벗은 곧 가족과 다를 바가 없었다. 음식을 나눠 주고 목숨을 빌려줄 수 있는 사이. 당연히 축제를 열어야 했다.

식었던 국이 데워지고 고기를 새로 굽기 시작하는 가운데, 여진족의 술과 유랑객잔에서 가져온 술이 대접 가득 따라졌다.

상대의 술을 마시는 건 곧 상대의 영혼을 마시는 것이었다. 그렇게 여진족과 화평장 사람들은 밤세 도록 서로의 영혼을 나눠 마시며 서로의 우정과 행복과 건강과 미래를 축복하고 기원했다.

* * *

"아이구."

강만리는 인상을 찡그리며 자리에서 일어났다. 머릿속에서 수천만 마리의 개미들이 싸우고 있었고 벌과 모기들이 쉴 새 없이 나는 듯한 소리가 울렸다. 골치가 지끈거리다 못해 심하게 아플 지경이었다.

숙취도 이런 숙취가 없었다. 여진의 술과 대륙의 술을 번갈아 마신 게 아무래도 이런 지독한 숙취를 만들고 있는 모양이었다.

강만리는 눈도 제대로 뜨지 못한 채 자리에 앉아서 운기조식을 하기 시작했다. 내공을 일으켜 몸속의 주기(酒氣)를 밖으로 몰아내려는 것이었다.

이윽고 운기조식이 끝났을 때는 언제 고통을 느꼈냐는 듯 그의 머릿속은 깨끗해졌다.

"참 내공이라는 게 대단하다니까."

강만리는 그제야 비로소 눈을 떴다.

하지만 이내 강렬하게 내리쬐는 햇빛에 깜짝 놀라 가늘게 눈을 찌푸렸다.

벌써 정오 무렵이었다. 밖은 소란스러웠고, 사람들이 대화를 나누는 목소리와 웃음소리가 쉬지 않고 들려왔다. 아이들이 요란하게 웃고 떠드는 소리도 들려왔다.

그야말로 한가롭고 평온하며 화목한 동네 골목길의 풍광처럼 느껴졌다.

강만리는 천천히 움막을 둘러보았다. 언뜻 보면 몽고포(蒙古包)와 비슷하게 생긴 원형의 형태였지만 그보다는 훨씬 더 간결하고 단순하게 지은 움막이었다. 일각 정도면 충분히 설치하거나 혹은 해체하여 운반할 수 있을 정도의.

바닥은 짐승의 가죽 여러 장이 깔려 있어서 지면의 차가운 기운을 막아 주었다. 강만리가 앉아 있는 자리에도 몇 장의 가죽이 깔려 있었다.

강만리는 고개를 갸웃거렸다.

언제, 어떻게 이곳에 누웠는지 기억이 나지 않았다. 누군가의 부축을 받은 것까지는 생각이 나는데 또 그게 누구인지는 전혀 떠오르지 않았다.

그때였다. 무두르가 움막 안으로 들어오며 활짝 웃었다.

"늦잠꾸러기 친구."

강만리는 어색하게 웃으며 대꾸했다.

"일찍 일어났나 보군."

"해가 뜨기 전에 일어났지. 친구에게 신선한 고기를 먹이려고 사냥을 갔다 오는 길이다. 제법 괜찮은 놈들을 잡아 왔으니 기대해도 좋다."

강만리는 머뭇거리다가 입을 열었다.

"오늘 오후에는 북해빙궁을 향해 출발해야 한다. 너무 많이 먹을 수도, 술을 마실 수도 없다."

"그게 무슨 소리지? 원래 친구를 사귀면 최소한 사흘 낮밤은 함께 밥을 먹고 술을 마시고 잠을 자야 하는 법이다."

"물론 나도 그러고 싶지. 하지만 시간은 금이다. 조금이라도 빨리 첫 번째 문제를 해결해야 두 번째 문제를 해결할 수 있다."

강만리의 말에 무두르가 활짝 웃으며 말했다.

"괜찮다, 괜찮다. 시간은 도망가지 않는다. 그러니 천천히 해도 괜찮다."

"아니, 무조건 괜찮다고 하지 말고……."

"네가 이대로 떠나면 나는 다른 족장들에게 체면이 서지 않는다. 친구 대접을 제대로 할 줄 모르는 어전이라고 욕을 먹는다. 내게 그런 창피를 주고 싶은가?"

무두르가 정색하며 그렇게까지 말하는 데야 어쩔 도리가 없었다. 결국 강만리는 한숨을 쉬며 말했다.

"좋아. 어제부터 시작했으니 이틀 후면 떠날 거다."

무두르는 다시 활짝 웃었다.

"그래야 내 친구다."

강만리도 웃으며 말했다.

"그래. 내 친구야."

3. 전설(傳說)이 전설인 이유

"도대체 사부가 뭐라고 생각하는지 궁금합니다."

"음? 밥 잘 먹다가 그건 또 무슨 뚱딴지 같은 소리인가?"

"문득 생각이 나서 하는 말입니다. 담호 말이죠. 그 녀석을 제자로 받아들였으면 그에 따른 책임도 져야 한다는 겁니다. 몇 마디 말로 때워 놓고 알아서 잘 크도록 해라, 하는 게 사부라고 생각하는지 진짜로 궁금해서 묻는 겁니다."

"흠, 별소리 다 듣겠군. 나와 담호 사이에는 아무런 문제가 없네."

"만약 담호가 옆집 아이이거나 뒷집 아이라면 굳이 이런 질문을 하지 않았을 겁니다. 사제(師弟)는 곧 부자지간(父子之間)과 같아서 타인이 함부로 끼어들 수가 없으니까요."

"잘 알고 있군그래."

"하지만 담호는 제 조카거든요. 가족의 일에 대해서는 얼마든지 왈가왈부할 수 있는 게 아닙니까?"

"친조카도 아니면서 무슨."

"아니거든요. 비록 피는 이어지지 않았을지언정 평범한 가족의 숙질(叔姪)보다는 몇 배나 더 진한 교감을 나누고 있으니까요. 아이고 참, 자꾸만 말을 다른 곳으로 돌리지 말고 묻는 말에 대답이나 해 주세요."

"흐음. 뭐 굳이 자네에게 대답해야 할 이유는 없지만 그래도 사흘 내내 함께 밥을 먹고 잠을 잔 사이이니 사실대로 말해 주지. 걱정하지 않아도 되네."

"예? 그게 답니까? 걱정하지 않아도 된다면 왜 걱정하지 않아도 되는지 이유까지 설명해 줘야 하는 게 아닙니까?"

"그야 이미 내가 줄 수 있는 건 다 전해 줬기 때문일세."

"네? 담호가 주인장의 제자로 들어간 게 한 달도 안 되었는데요? 그 짧은 시일 내에 모든 걸 전수해 줄 정도로 보잘것없는 무위가 아니잖습니까?"

"그러니까 고수가 될 기본은 전해 줬다는 걸세."

"기본이라면…… 뭔가 구결 같은 겁니까?"

"흐음. 오늘 꿩국은 실패로군. 자네가 꿩국을 앞에 두고 이리 말이 많은 걸 보면."

"아뇨. 꿩국은 확실히 맛있습니다. 입에 착착 감길 정도로 맛있으니 그거야말로 걱정하지 않아도 됩니다."

"그런가? 그럼 다행이고."

뚱보 주인장 저귀는 입맛이 없는 듯 젓가락을 내려놓으며 창밖으로 시선을 돌렸다.

창밖으로 펼쳐진 광활한 황무지는 여전히 황량하고 스산했다. 유명촌의 사람들이 강만리 일행과 함께 떠난 후 이곳은 더욱더 조용하고 고즈넉해서 그야말로 폐촌(廢村)의 모습 그대로였다.

'이 떠들썩한 녀석이 아니었다면 꽤 적적했을지도.'

저귀의 뇌리에 언뜻 그런 생각이 스치고 지나갈 때, 떠들썩한 녀석이 심통 난 표정을 지으며 입을 열었다.

"아니, 자꾸만 그렇게 화제를 돌리지 말고요. 이왕 가르쳐 주는 거 속 시원하게 말해 주면 어디가 덧난답니까? 그러니까 구결이라도 전수해 준 겁니까?"

"흠. 구결이라기보다는 내가 지니고 있던 책 한 권을 모두 암기하라고 했네."

"책이요?"

"그래. 가보(家寶)처럼 내려오던 책이네. 여러 대(代) 전의 할아버지께서 강호를 떠돌며 터득한 무공 몇 가지와 깨우침에 관한 이런저런 이야기를 적어 놓은 책이지."

떠들썩한 녀석, 화군악은 저귀의 말을 듣고 뭔가 알아차린 듯 제 무릎을 치며 말했다.

"화평문의 조사(祖師) 말씀이죠? 이름이 뭐랬더라…… 아, 도한경! 그분이죠?"

"허어, 기억력도 좋군."

"이제야 알아주네. 다른 건 몰라도 기억력 하나는 타고났다니까요. 사부가 내게 반한 것도 바로 그 기억력이니까요."

화군악은 어깨를 으쓱거리다가 문득 먹이를 노리는 매의 눈으로 저귀를 바라보며 말을 이었다.

"그러니까 주인장이 강해진 건 모두 그 책 덕분인 겁니까? 나도 그 책만 읽고 그대로 따르면 주인장처럼 강해질 수 있는 겁니까?"

"설마."

저귀는 피식 웃으며 고개를 저었다.

"자네가 기억력을 타고난 것처럼 나도 힘 하나는 타고 났다네. 세 살 때였던가, 아버지를 집어 던져서 크게 다치게 만들 정도였으니까."

"오오, 말 그대로 신력(神力)을 타고났네요."

"거기에다가 이런저런 기연까지 얻어서 내공 또한 상당히 늘었거든."

"설마 우리 강 형님보다도 내공이 높은 겁니까?"

"그걸 말이라고 하나? 모르기는 몰라도 그 친구보다 최소한 두 배는 될 걸세."

"네에?"

저귀의 말에 화군악의 눈이 휘둥그레졌다.

강만리는 일 갑자가 훌쩍 넘는 내공을 지니고 있었다. 당금 무림에서 그만한 내공을 지닌 자는 공적십이마나 소림오로 정도 되는 전대의 노기인들뿐이었다.

"설마 내공이 이삼 갑자나 된다는 겁니까?"

화군악은 믿어지지 않는다는 눈으로 저귀를 쳐다보며 물었다. 저귀는 어깨를 으쓱거렸다.

"내공이라는 게 정확하게 잴 수가 없는 이상, 내가 이 갑자의 내공을 지녔는지 삼 갑자의 내공을 지녔는지 어찌 알겠나? 단지 그 친구와 한 수 겨뤄 봤을 때 대충 내 절반 정도 되는 내공을 지녔구나, 하고 생각했을 뿐이네."

"믿을 수가 없네요. 아무리 세상이 넓고 기적과 같은 기연을 얻을 수 있다 한들, 어떻게 그만한 내공을 쌓을 수 있단 말입니까?"

"자네도 장백산 정상 언저리에서 나 같은 기연을 얻는다면 충분히 가능할 걸세."

화군악의 눈빛이 반짝였다.

며칠 전 저귀의 주먹에 나가떨어진 후 먹었던 국이 떠올랐다.

황금인형설삼과 비슷한 향이 나던 국. 겨우 한 그릇으로 정신이 맑아지고 심신이 평온해지며 무려 십 년가량의 내공을 얻은 듯한 기분이 들었던 바로 그 국.

"설마……."

화군악은 마른침을 꿀꺽 삼키며 입을 열었다.

"며칠 전 그 국에 장백설삼을 고아 넣은 겁니까?"

"응?"

이번에는 저귀가 움찔거렸다.

저귀는 그걸 어찌 알았느냐는 듯 좁쌀만 한 눈을 동그랗게 뜬 채 화군악을 바라보았다.

화군악이 재우쳐 물었다.

"그럼 주인장은 황금인형설삼보다 희귀하고 귀하다는

장백설삼을 복용하고 그렇게 내공이 높아진 겁니까?"
"흐음."
 저귀는 기습을 당했다는 표정을 지으며 말꼬리를 흐리다가 결국 한숨을 내쉬며 고개를 끄덕였다.
"맞네. 이곳에 터를 잡기 전, 장백산에 올랐다가 우연히 장백설삼 수십여 뿌리를 발견했다네."
"수, 수십여 뿌리요?"
"그것도 족히 수백 년 먹은 설삼들이었네."
 저귀는 잠시 과거의 기억을 회상하듯 가볍게 눈을 감았다. 순식간에 그는 십 대 후반의 젊은이로 되돌아갔다.

* * *

 젊은 저귀가 장백산 정상 인근을 헤맨 이유는 한 가지였다. 장백산 어딘가에 신묘한 사람들이 모여 산다는 전설을 듣고 그들을 만나 보려 했던 까닭이었다.
 그들은 구름을 타고 하늘을 날기도 하고 축지법(縮地法)을 사용하여 이동하기도 하며, 범을 호위로 두고 귀신을 부린다고 했다.
 또한 중원(中原)의 무공과는 전혀 다른 무공을 펼치는데, 그 동작은 마치 춤을 추는 듯한 모습이라고 했다.
 저귀가 그들을 찾고자 한 건 그들에게서 그 신묘한 무

공을 배우기 위함이 아니었다.

 젊은 시절의 그는 상당히 호승심이 높았고 자존심이 강했으며, 자신의 무위가 어느 정도의 수준인지 인증하고 싶어 했다. 정체불명의 노인의 간단한 도발에 넘어가 그와 싸운 것 역시 바로 저귀의 그러한 성격 탓이었다.

 저귀가 그 신묘한 사람들을 만나려고 했던 이유도 그와 별반 다르지 않았다. 그들을 통해 자신의 실력이 어느 정도인지 알아보기 위함이었으며, 또한 자신이 익힌 무공이 천하제일임을 증명해 보이기 위해서였다.

 하지만 전설(傳說)이 전설인 이유는 현실에서 그 실체를 찾아볼 수 없기 때문이었다.

 마침내 장백산 어딘가에서 길을 잃고 헤매게 될 때까지 저귀는 한 달 가까이 장백산 곳곳을 샅샅이 뒤졌지만 그들의 모습은커녕 흔적 하나 찾을 수가 없었다.

"하마터면 얼어 죽을 뻔했지."
 저귀는 그때를 회상하며 말했다.
"내공이 있으면 더위와 추위를 물리칠 수 있다고 생각했는데, 그게 애당초 말이 안 되는 거였네. 한 달 가까이 북풍한설이 휘몰아치는 한겨울의 장백산을, 그것도 솜옷 하나 걸치지 않은 몰골로 돌아 다녔으니…… 이윽고 길을 잃고 어디가 어디인지 알 수 없는 상황에 처해서 제대로 먹지도 마시지도 못한 채 무작정 헤맸으니 어찌 몸이 견딜 수가 있겠는가?"

내공이 화후(火候)의 경지에 이르면 더위와 추위를 물리칠 수 있다는 말이 있었다.

물론 맞는 말이면서 또한 틀린 말이었다. 일반 사람이라면 한 시진을 버티기 힘든 혹한(酷寒)에서 하루 혹은 이틀 정도 버틸 수는 있지만 열흘, 보름, 한 달을 버틴다는 건 아무리 내공의 고수라 할지라도 불가능한 일이었다.

온몸에 동상이 걸릴 정도의 추위 속에서 굶주린 채 길을 헤매던 저귀가 장백설삼을 발견한 건 확실히 천운이라 할 수 있었다.

그것도 수십여 뿌리의 설삼이 마치 마을을 이룬 것처럼 모여 있는 광경을 본 순간, 저귀는 그 신묘한 사람들과 마주친 것보다 더한 감격을 느낄 수 있었다.

"몇 뿌리를 먹었는지 모르네. 맛도, 향도, 느낄 새 없이 살기 위해서 마구 입에 처넣었네. 눈 말고는 보름 정도 아무것도 먹지 못하니까 그렇게 되더군."

어느 정도 배가 부르고서야 비로소 저귀는 자신이 발견한 게 평범한 약초 뿌리가 아닌, 전설적인 영물(靈物)인 장백설삼임을 알게 되었다.

수백 년은 족히 된 어미 산삼들부터 수십 년짜리 아기

삼까지 크기도 다양했으며, 그 수는 무려 수십여 뿌리가 넘게 자라 있었다.

저귀는 십여 개의 어미 산삼을 캐서 품에 챙기고 그 위치를 확실하게 머릿속에 기억해 두었다. 남은 뿌리를 모두 캐는 건, 제대로 된 길을 찾아서 하산할 때까지 산삼이 시들어 죽을 가능성이 더 컸던 까닭이었다.

"어떻게, 겨우겨우 길을 찾기는 했네. 장백산 입구에 있는 조그만 마을에 도착하여 겨우 한숨을 돌리고는, 가지고 온 장백설삼들은 따로 은밀하게 보관하고서 다시 그 산삼 밭을 찾아 나섰지."

사람의 손길을 타지 않은 채 자연으로부터 발아하여 오십 년 이상 자란 산삼을 가리켜 천종산삼이라 했다. 특히 장백산의 험하고 추운 땅에서 백 년 이상 자란 산삼을 따로 장백설삼이라 불렀다.

백 년 된 장백설삼 한 뿌리에는 백 년의 내공이 깃들어 있다고 했다. 당연히 되돌아가서 어미 산삼이든 아기 삼이든 할 것 없어 모조리 캐 와야 할 영능(靈能)의 약초인 것이었다.

"하지만 결국 찾지 못했지. 분명히 가고 오는 길을 확실하게 기억하고 그 위치를 머릿속 깊은 곳에 저장해 두었지만, 운무(雲霧) 가득한 골짜기와 눈보라 휘몰아치는 산등성이를 걷다 보면 결국 길을 잃을 수밖에 없거든."

또다시 조난할 가능성이 커지자 저귀는 결국 눈물을 머금고 산에서 내려와야만 했다.

욕심이 지나치면 화를 부르는 법, 캐서 가지고 온 수백 년짜리 어미 산삼 십여 뿌리만으로도 이미 천하에서 제일가는 부자이자, 내공을 지닌 고수가 될 수 있었으니까.

"뭐, 덕분에 천하에서 제일가는 고수가 될 거라고 생각했지. 약관도 안 되는 나이에 그만한 내공을 쌓게 되었으니까. 그리고 사실이 그러했네. 내 주먹 한 방에 나가떨어지지 않는 자가 없었거든. 그 늙은이를 만나기 전까만 하더라도 말일세."

결국 이야기는 저귀가 유일하게 패한 노인에게로 귀결되었다. 화군악은 그 노인은 아랑곳하지 않은 채 두 눈을 반짝이며 계속해서 질문을 던졌다.

"남은 설삼을 다 먹지 그랬습니까? 그야말로 전무후무(前無後無)한 천(千) 년(年)의 내공을 지닐 수도 있잖습니까?"

"헛소리."

저귀는 피식 웃으며 고개를 저었다.

"아무리 효능이 좋고 뛰어난 약효를 지닌 영약이라 하더라도 많이 먹으면 그 효능이 줄어들기 마련이네. 또 같은 영약을 계속해서 먹으면 뭐랄까, 타성에 젖는다고나 할까. 몸에서 받아들이는 흡수력이 현저히 떨어지게 되네."

"아, 그와 비슷한 이야기를 들은 적이 있습니다. 대환단 열 알을 먹는다고 해서 이백 년 내공을 얻는 건 아니라고 말입니다."

"그래. 그런 것이네. 또 내공이 높아지면 높아질수록 점점 더 내공이 쌓이는 양이 줄어들고, 시간도 오래 걸리거든. 마치 상승의 경지에 이른 고수가 더 이상 쉽게 발전하지 못하는 것처럼 말이야."

저귀의 말에 화군악은 고개를 끄덕이며 말했다.

"흠, 그렇군요. 그러니까 이미 포화 상태라는 거네요. 그렇다면 결국 내공의 끝은 이백 년, 뭐 이 정도로 생각할 수 있겠군요."

"모르지 또. 사람마다 다를 수 있으니까."

"알겠습니다. 뭐, 그건 그렇고요."

화군악은 열흘 굶은 늑대가 우연히 양과 마주친 것처럼 눈빛을 빛내며 입을 열었다.

"그때 가지고 온 장백설삼, 설마 벌써 다 없어진 건 아니겠지요?"

3장.
백년내공(百年內功)

한 걸음 두 걸음 세 걸음 네 걸음
좌우에도 전후에도 떨어지지 말고
산과 물이 막다른 곳에 이르렀을 때
게서 한 걸음 더 나아가면 그곳이 좋은 곳이네

백년내공(百年內功)

1. 며칠 전 새벽

"이게 뭔가요?"

담호는 저귀가 내민 그릇을 보고 고개를 갸우뚱거렸다.

평소 우육탕을 내오는 그릇에는 사나흘 푹 끓인 사골국물에다가 밀가루를 풀어서 걸쭉하게 만든 듯한, 눈처럼 새하얀 국물이 가득 담겨 있었다.

"아무 말 말고 한 번에 들이켜라. 다른 사람을 깨서 내려오기 전에."

저귀는 평소 그답지 않게 위층의 눈치까지 보면서 다급하게 말했다.

담호는 여전히 의아한 표정을 감추지 못했다. 하지만

어쨌든 사부의 명령인 만큼 단숨에 들이켜는 게 제자 된 의무였고, 담호는 곧 "네." 하고 대답하고는 두 손으로 국그릇을 들고 꿀꺽꿀꺽 마셨다.

생각보다 향이 진해서 머리가 띠잉 울릴 정도였다. 그래도 나쁘지는 않은 향이었다. 한방 약재가 섞인 듯한 냄새였고 풀 냄새도 강해서 역겹지는 않았다.

"다 마셨습니다, 사부."

담호는 입가를 훔친 후 공손하게 국그릇을 저귀에게 건네주었다. 저귀는 깨끗하게 비워진 국그릇을 받아 들며 담호의 안색을 살폈다.

"어떠냐?"

담호는 어리둥절한 표정을 지었다.

"뭐가 말씀이십…… 으음?"

일순 담호의 얼굴이 굳어졌다. 표정이 심상치 않게 변했다. 목구멍을 타고 몸속으로 파고든 그 걸쭉한 액체는 갑자기 용암(鎔巖)이라도 된 듯 뜨거운 열기를 분출하며 몸속의 모든 걸 단숨에 녹이기 시작했다.

"헉!"

담호의 얼굴과 목에 굵은 힘줄과 혈관이 지렁이처럼 불끈 튀어나와 흉측하게 변했다.

"얼른 운기조식을 시작해라."

저귀가 다급하게 말했다.

담호는 그대로 정신을 잃을 것만 같은 강한 충격에서 겨우 버티며 가부좌를 틀고 운기조식을 시작했다.

하지만 워낙 강렬한 열기가 순식간에 전신을 뜨겁게 달구는 바람에 담호는 쉽게 단전에서 내공을 끌어올리지 못하고 휘청거렸다.

일순 저귀가 손을 뻗어 그의 명문혈에 진기를 주입했다. 장강(長江)과도 같은 거대한 진기가 유장한 흐름을 타고 담호의 몸속으로 흘러 들어왔다. 그 진기는 담호의 상세를 안정시켜 주는 동시, 그가 내공을 끌어올려 운기조식을 할 수 있도록 도와주었다.

담호는 사부의 도움을 받아 주천(周天)을 시작하였고, 이내 안정된 자세를 유지한 채 기맥을 따라 내공을 운용하게 되었다.

그럼에도 불구하고 저귀는 담호의 명문혈에서 손을 떼지 않은 채, 잔뜩 긴장한 얼굴로 진기의 흐름을 유심히 지켜보고 있었다. 살짝 진기가 흔들리거나 혹은 불안정한 기색을 보일 때는 빠르게 자신의 내공을 불어넣어 담호의 상태를 안정시켜 주었다.

담호는 그런 저귀의 도움을 받으며 진기를 원활하게 주천했고, 이윽고 십이주천(十二週天)을 마칠 즈음에는 용암처럼 담호의 기맥과 혈도, 오장육부를 태우려 했던 걸쭉한 액체는 모두 그의 진기에 흡수되어 자취를 감췄다.

담호의 전신을 휘돌던 진기가 천천히 단전으로 이동, 그 안에 안정된 모습으로 자리를 잡는 걸 확인한 저귀는 그제야 비로소 안도의 한숨을 내쉬며 천천히 명문혈에서 손을 뗐다. 그러고는 다시 한번 힐끗 위층을 올려다보며 상황을 살폈다.

 이른 새벽이었고, 어제는 밤늦게까지 잔치가 있었다. 이 층 각 방에서 드르릉거리며 코를 고는 소리가 희미하게 들려왔다. 깨어난 기척도, 방이나 복도를 돌아다니는 기척도 전혀 느낄 수 없었다.

 저귀는 운기조식을 마치는 담호를 돌아보며 재차 크게 한숨을 내쉬었다. 그러고는 낮고 은밀한 목소리로 소곤거리듯 말했다.

 "누구에게도 말하지 말거라. 알겠느냐?"

 담호는 길게 숨을 들이마셨다가 천천히 내쉬는 것으로 운기조식을 끝낸 후, 그제야 감았던 눈을 떴다. 일순 그의 두 눈에서는 유월의 햇살처럼 맑고 강렬한 정광(晶光)이 형형하게 반짝였다.

 하지만 한 번 눈을 감았다가 다시 뜨자 이내 그 눈부실 정도로 강렬한 안광(眼光)은 이내 눈동자 깊은 어딘가에 갈무리되어 사라지고 보이지 않았다.

 담호는 믿을 수 없다는 표정을 지은 채 제 사부를 쳐다보았다. 저귀는 애써 진중한 모습을 유지하려 했으나 피식피식 웃음이 새어 나오는 걸 막지는 못했다.

"성공했구나."

저귀는 목이 멘 듯한 목소리로 말했다.

"사실 걱정은 했다. 네 그 조그마한 단전에 그만한 내공이 깃들 수 있을지 말이다. 자칫 잘못하면 단전의 그릇이 깨지거나 혹은 주화입마에 빠질 가능성도 적지 않았으니까. 뭐, 물론 내가 곁에서 지켜보고 도와주면 그럴 상황까지는 가지 않을 거라고는 자신했지만 말이다."

담호는 뭐라고 말을 해야 할지 모르겠다는 얼굴이었다. 저귀는 계속해서 말을 이어 나갔다.

"솔직히 지금의 네 무위는 네 또래는 물론 어지간한 어른들보다 뛰어나고 잘 가다듬어져 있다. 그건 오늘처럼 새벽 일찍 일어나 밤늦게까지 하루도 빼먹지 않고 수련하는 네 열의와 노력 덕분이라 할 수 있다. 하지만 한 가지 아쉬운 건, 그 뛰어난 무위를 제대로 뒷받침해 줄 내공이 한참 부족하다는 것이었다."

사실 담호의 현재 내공은 일반 그 또래들보다 십수 배 이상 많다고 할 수 있었다.

열 살이 채 안 되었을 때 저귀가 가르쳐 주었던 심법을 십 년 가까이 꾸준히 익힌 데다가, 만해거사와 구자육의 영약 등 제법 많은 영약을 복용했기에 어지간한 일류급 고수들보다도 훨씬 깊고 강한 내공을 보유하고 있었다.

그러나 저귀의 눈에는 부족해도 너무 많이 부족하게만 보였다. 겨우 삼사십 년의 내공으로 어떻게 이 험한 세상을 버티고 살아갈지 걱정이 태산이었다.

그래서였다.

깊숙한 곳에 숨겨 두었던, 장백산에서 구한 설삼을 비롯하여 구두오룡초(九頭五龍草), 천년하수오(千年何首烏) 등의 약재를 아낌없이 졸이고 졸여서 약탕 한 그릇을 만들어 낸 것이었다.

사실 저귀는 그 과정에서 만해거사나 구자육 등 의학에 뛰어난 이들의 도움을 받을까 하는 생각을 하기도 했다.

하지만 자신에게 장백설삼 같은 전설적인 약초들이 있다는 걸 다른 사람들에게 알리고 싶지 않았다. 그래서 나름대로 고민하고 신중하고 조심스럽게 조제한 약탕이었는데, 생각보다 훨씬 더 효과가 좋게 나왔다.

조금 전 저귀가 담호의 명문혈에서 손을 떼기 직전 살펴본 결과, 무려 세 배 이상의 내공이 증진된 걸 확인할 수 있었던 것이었다.

저귀는 그 기쁨을 내색하지 않으려 애써 눈살을 찌푸리며 입을 열었다.

"일 갑자는 넘었고 이 갑자는 되지 않는다. 대충 백 년 내공이라고 하면 되겠구나. 네 나이에서 그만한 내공을 지녔던 사람은 고금 역사를 통틀어도 단 한 명도 없을 게다."

담호는 입을 뻐끔거렸다.

갑자(甲子)의 내공이라니.

너무나도 엄청난 단어였다. 전혀 감이 잡히지 않았다. 심법을 익힌 자가 평생을 단련하고 수련해도 도달하지 못할 경지가 바로 갑자의 내공이었다.

그런데 그 갑자를 훌쩍 뛰어넘어서 무려 백 년의 내공을 지니게 되었다니, 그것도 불과 반 시진도 채 안 되어서 말이다.

그걸 어찌 믿을 수가 있겠는가. 어찌 내 것이라고 생각할 수 있겠는가.

담호가 지금 이 상황을 두고 현실이 아니라 꿈일지도 모른다고 생각한 건 너무나도 당연한 일이었다.

저귀는 담호가 멍한 표정으로 아무 말이 없자, 살짝 불안한 표정을 지으며 서둘러 입을 열었다.

"혹시 이상한 게 있느냐? 효과가 큰 만큼 상대적으로 부작용이 생길 수도 있으니 조금이라도 몸에 이상이 있거나 마음이 불안정하고 어지럽거나 하면 바로 말해야 한다."

"그런 게 아닙니다."

저귀가 너무 놀라고 당황하며 불안해하는 모습에 담호는 외려 정신을 차릴 수가 있었다. 그는 갑자기 자리에서 일어나더니 저귀를 향해 큰절을 올렸다.

저귀의 눈이 휘둥그레질 때, 절을 마친 담호가 무릎을 꿇고 앉으며 말했다.

"이 은혜를 어찌 갚아야 할지 모르겠습니다."

저귀는 그제야 안심한 듯 미소를 지으며 말했다.

"은혜는 무슨. 사부와 제자는 곧 아버지와 아들과 같다. 아버지에게 받은 것들을 은혜라고 생각하고, 또 그걸 반드시 갚아야 한다고 생각하느냐?"

"네. 아버지께도, 어머니께도 받은 만큼, 아니 그 이상 돌려 드려야 한다고 생각합니다."

"흐음. 뭐, 그럴 수도 있겠군. 그래, 정 돌려주고 싶으면 천하제일인이 될 때까지 끝까지 버티고 살아남아서 내게로 돌아오너라."

저귀는 미소를 머금고 말했다.

"세상 사람들에게, 그리고 새로운 유명촌 사람들에게 내 제자가 천하제일인이라고 자랑할 수 있게 말이다."

담호도 미소를 지었다.

"알겠습니다. 반드시 천하제일인이 되어 돌아오겠습니다. 세상 모든 사람에게 천하제일인의 사부가 누구인지 확실하게 말하겠습니다."

"그래. 그럼 그걸로 됐다."

저귀는 만면에 미소를 머금은 채 담호의 어깨를 두드리고는 이내 다시 정색하며 입을 열었다.

"평소의 네 성격을 알기 때문에 노파심에서 하는 말이기는 하다. 비록 네가 백 년의 내공을 얻었다고는 하지만, 그것만으로 천하제일 운운하기에는 너무나도 이르다. 최고의 절정에 달한 기인들은 백 년이 아니라 이 갑자 혹은 삼 갑자의 내공을 지니고 있으니까."

"경거망동하지 않겠습니다. 스스로를 과대평가하지도 않겠습니다."

"그래. 한 걸음 한 걸음 천천히, 그리고 꾸준히 전진하는 것이 가장 중요한 법이다. 내가 즐겨 외우는 경구(警句) 중에 이런 말이 있구나."

저귀는 눈을 지그시 감은 다음 천천히 마치 시구(詩句)를 암송하듯 혹은 타령하듯 낮은 목소리로 소곤거리기 시작했다. 담호는 정신을 바짝 차리고 귀를 기울였다.

바위 사이로 흐르는 물처럼 부드럽게 이어지는 저귀의 타령은 다음과 같았다.

한 걸음 두 걸음 세 걸음 네 걸음
좌우에도 전후에도 떨어지지 말고
산과 물이 막다른 곳에 이르렀을 때
게서 한 걸음 더 나아가면 그곳이 좋은 곳이네

一步二步三四步

不落左右前後去
若逢山盡水窮時
更加一步是好處

 그렇게 칠언사구(七言四句)의 시를 읊은 저귀는 천천히 눈을 떠서 담호를 바라보았다. 담호는 한없이 진지한 표정을 지은 채 그 시구를 속으로 외우고 또 외웠다.
 저귀가 입을 열었다.
 "앞으로 내게 전해 줄 책자에 있는 구절 중 하나다. 꾸준히 외우고 암송하다 보면 언젠가 온전하게 네 것이 되어서 그 뜻과 의지대로 몸과 마음이 움직이게 될 게다."
 "명심하겠습니다, 사부."
 "좋아. 그럼 책자를…… 음? 안 되겠구나. 오늘은 늦었다. 사람들이 한두 명씩 깨어나는구나."
 저귀는 위층에서 전해 오는 기척에 살짝 당황해하며 말을 이었다.
 "그럼 책자는 네가 떠나기 전에 줄 테니, 오늘은 이만 나가 봐라. 사람들이 의아하게 생각하기 전에 말이다."
 담호는 그제야 자리에서 일어났다.
 "네, 그럼 오늘 몫의 수련을 하러 나가 볼게요."
 "그래. 그렇게 한 걸음씩 내딛는 게다. 천천히, 꾸준히, 쉬지 않고 말이다."

"네, 사부."

담호는 그 말을 남기고 객잔 밖으로 향했다.

아직도 해가 뜨기에는 제법 시간이 남은 새벽 무렵이었다. 천하가 어두운 가운에 담호는 홀로 우뚝 선 채 광활한 황무지를 내려다보며 천천히 몸을 움직이기 시작했다.

창밖으로 그런 광경을 가만히 지켜보던 저귀는 고개를 천천히 끄덕이며 중얼거렸다.

"그래, 그러면 되는 거다. 좌고우면(左顧右眄) 흔들리지 않고 오로지 앞만 보며 한 걸음씩 걸어가면 되는 거다."

말을 마친 저귀는 끄응, 하며 자리에서 일어났다. 화평장 식구들의 아침 식사 준비를 하려면 바쁘게 움직여야 했다.

그것이 강만리와 화평장 사람들이 욕수군과 염마를 물리친 다음 날 새벽에 있었던 일이었다.

2. 참멸(慘滅)

"음, 방금 뭐라고 했나?"

"그때 가지고 온 장백설삼, 설마 벌써 다 없어지지는 않았냐고 물었습니다."

한순간 회상에 잠겼던 저귀가 퍼뜩 제정신을 차리며 묻는 말에 화군악은 심통 난 표정을 감추지 않고 대꾸했다.

"아니, 그 나이에 벌써 노망이라도 온 겁니까? 느닷없이 멍한 표정을 짓더니 그새 다른 세상 다녀온 것처럼 그러는 겁니까?"

"아, 미안. 뭔가 떠오른 생각이 있어서 그랬네. 아, 장백설삼 물어보았나? 그게 남아 있겠나, 아직까지?"

저귀는 피식 웃으며 말했다.

"자네에게 끓여 준 건 장백설삼을 놓아두었던 상자에 남아 있던 산삼수(山蔘鬚) 몇 가닥을 모조리 긁어모은 것이네."

"에이, 진짭니까?"

화군악은 실망한 표정으로 물었다. 저귀는 어깨를 으쓱거리며 말했다.

"사실대로 말하자면 아직 몇 뿌리 남아 있기는 하네. 훗날 마음에 드는 녀석이 있으면 주려고 숨겨 두었지."

화군악의 눈이 휘둥그레졌다.

"그거 진짭니까?"

저귀가 웃으며 되물었다.

"어느 쪽이 더 진짜 같은가?"

"네?"

"내 말이 거짓인지 참인지 알 수 없는 건 자네의 마음이 곧지 않고 이리저리 흔들리기 때문이네. 자네가 바라는 쪽으로, 자네의 욕심과 욕구가 이끄는 쪽으로 움직이기 때문에 내 말의 진위를 가려내지 못하는 것이네."

"아니, 왜 갑자기……."

"무공도 마찬가지일세. 어제 그제 자네가 휘두르는 검을 지켜보았네. 훌륭하더군. 가히 천의무봉(天衣無縫)이라 할 정도의 검법, 아니 검예(劍藝)인 것 같더군. 하지만 말이네. 그 검예를 표현하는 자네의 검은 불안정하고 어지럽고 불명확하더군. 왜 그런 것 같나? 바로 자네의 마음이 정심(定心)하지 않기 때문이네."

화군악은 갑작스러운 저귀의 조언 같은 훈계에 처음에는 발끈했다. 하지만 저귀의 말이 이어지면서 화군악은 저도 모르게 그의 말을 곱씹게 되었다.

저귀는 계속해서 말을 이어 나갔다.

"호수처럼 맑고 투명하며 잔잔한 마음을 평정심(平靜心)이라고 하네. 흔들리지 않고 오로지 한길로만 나아가는 걸 정진(精進)이라고 하지. 평정심과 정진의 근본은 마음을 차분하게 가라앉히고 한곳에 집중시키는 정심(定心)에 있네. 자네의 검 끝이 흔들리고 검로(劍路)가 어지러우며 검을 펼치는 힘이 균일하지 못한 건 바로 그 정심 때문이네."

"아, 아니! 언제 또 내 검 끝이 흔들리고 검로가 어지럽고 힘이 균일하지 않았다는 겁니까?"

"처음에는 나름대로 괜찮아 보였네. 하지만 시간이 흐를수록 엉망이 되어 가더군. 그제보다 어제가, 어제보다 오늘이 더 형편없고 말이지."

"무슨 그런 말도 되지 않는 악담을!"

화군악은 자리에서 벌떡 일어나며 소리쳤다. 자존심에 상처가 난 것이다. 저귀는 입을 다문 채 가만히 화군악을 쳐다보았다.

탁자에 두 손을 얹은 채 씩씩거리던 화군악이 한숨을 쉬며 입을 열었다.

"그럼 어떻게 해야 할까요?"

저귀가 말했다.

"우선 자리에 앉게."

화군악은 가만히 자리에 앉았다. 저귀가 차를 한 잔 따라 주었고, 화군악은 의기소침한 얼굴로 그 차를 받아 마셨다.

저귀가 다시 입을 열었다.

"자네의 그 성격은 검의 양날과도 같네. 유쾌하면서 활달한 것으로 보자면 주위 사람들을 자네에게 끌어모으고 인기를 얻게 해 주겠지. 반면 한곳에 집중하고 일로매진(一路邁進)하지 못한 게 단점일세."

화군악이 눈살을 찌푸리며 말했다.

"그 일로매, 는 무슨 뜻입니까? 괜히 듣는 사람 무식해 보이게 너무 어려운 말 쓰는 거 아닙니다."

"전심전력을 다하여 한길로 나아간다는 뜻이네. 그리 어려운 말은 아니네."

"으음, 그러고 보니 들어 본 말 같습니다."

"어쨌든, 지금 자네가 탁 막혀서 앞으로 나아가지 못하는 건 바로 그런 이유에서라네."

화군악은 저도 모르게 움찔거렸다.

'그걸 어찌 알았지? 내 검을 통해 그런 것까지 보이는 건가?'

화군악은 가늘게 뜬 눈으로 저귀를 바라보았다.

저귀의 말은 사실이었다.

요 며칠 화군악은 생각보다 답보상태라 꽤 초조한 상태였다. 지난 일 년 동안 태극혜검의 무위가 오륙 성까지 이르기는 했지만, 그 후로는 좀처럼 성취가 높아지지 않았다.

'조금만 더하면 뭔가 될 것 같으면서도 영 앞으로 나아가지를 못한다니까. 마치 깰 수 있을 것 같은데 도저히 깰 수 없는 벽이 가로막은 것처럼 말이지.'

화군악은 그런 생각을 하면서 꾸준히 군혼을 휘두르고 또 휘둘렀지만, 마치 지금의 수준이 곧 한계라는 듯이 조금도 나아지는 면이 없었다.

'십 성은 관두고 팔 성, 아니 칠 성의 수준만 되더라도 천하를 논할 수 있을 텐데 말이다.'

저귀는 그린 생각을 하는 화군악의 얼굴을 가만히 바라보면서 계속해서 말을 이어 나갔다.

"자네는 조금 더 마음과 정신을 다스리는 수양(修養)에 힘써야 하네. 목표를 정하지 말게. 먼 곳을 바라보지 말게. 오로지 한 걸음 앞만을 바라보며 천천히 움직이면 되는 것이네. 욕망을 버리게. 욕망은 곧 욕심을 낳고, 욕심은 사람의 마음을 흔들리게 만드는 법일세. 마음이 흔들리면 아직 내게 장백설삼이 남아 있는지, 아니면 이미 다 먹어 치웠는지 알 수 없게 된다네."

저귀는 마치 담호에게 이야기하듯 화군악에게 제법 자상하고 세세하게 조언을 건넸다.

"자네에게는 불굴의 의지와 임기응변의 능수능란함, 그리고 스스로에 대한 압도적인 자신감이 있네. 당연히 무공을 익히고 남들보다 빠르게 정진할 수 있는 좋은 것들이지. 하지만 한 번 벽에 가로막히고 성장이 둔화하면 그때는 그 좋았던 것들이 초조함과 불신(不信), 고집으로 바뀌게 되네. 왜 그런 줄 아나? 바로 정심하지 못해서이네. 언제 어떤 경우에도 늘 한결같이 고요하고 차분한 마음을 유지해야 하는데, 자네는 그게 부족한 것이야."

옳은 말이었다. 화군악이 인정할 정도로 모두 다 옳고

바른 말이었다. 하지만 들으면 들을수록, 인정하면 인정할수록 외려 화군악의 마음 깊숙한 곳에서는 그 모든 것들을 부정하고 싶은 생각이 치밀어 올랐다.

'아니, 날 얼마나 잘 안다고 하는 소리야?'

오기가 솟구쳤다. 호승심이 일었다.

화군악은 미소를 지으며, 하지만 두 눈은 전혀 웃지 않은 채 저귀를 바라보며 입을 열었다.

"이거 너무 아픈데요. 그렇게 함부로 마구 찔러도 되는 겁니까?"

저귀는 그런 화군악의 속내를 눈치채지 못한 듯 태연한 어조로 대답했다.

"아플 걸세. 나도 아팠으니까."

저귀는 화군악에게서 시선을 돌려 창밖 먼 하늘을 응시하며 말을 이었다.

"그때 날 쓰러뜨렸던 노인이 내게 지금과 비슷하게 조언해 주었지. 정말 속이 쓰릴 정도로 아프더군. 내 자존심은 뭉개졌고, 스스로에 대한 믿음도 사라졌지. 하지만 또 그 조언이 약이 되어 주었네. 시간이 흐르면서 그 노인의 말 하나하나가 황금보다 더 귀하고 중하다는 걸 알게 되었으니까. 참, 그런데 하나 의아한 점이 있네. 그렇게 호기심 많은 자네가 왜 그 노인에 관해서는 전혀 묻지 않는 겐가?"

"주인장에게 따로 묻지 않아도 대충 그 노인이 누구인지 알 것 같으니까요."

"응? 자네가? 그 노인과 마주해서 싸웠던 나도 지금까지 누구인지 전혀 짐작하지 못하고 있는데?"

"그야 주인장이 멍청하기 때문이죠."

화군악은 비릿하게 웃으며 자리에서 일어났다.

"그건 그렇고, 과연 주인장의 조언을 내가 받아들여야 하는지 한번 확인해 보고 싶습니다."

"그건 또 무슨 소리인가?"

"제대로 다시 한번 붙어 보자는 말입니다."

화군악은 여전히 자리에 앉아 있는 저귀를 내려다보면서 말을 이었다.

"그때는 검도 뽑아 보지 못하고 깨졌잖습니까? 이번에는 처음부터 검을 빼 들고 상대해 보겠습니다. 과연 내 검이 얼마나 엉망인지 확인해 보고 싶거든요."

저귀는 무심한 얼굴로 화군악을 쳐다보다가 문득 미소를 지으며 고개를 끄덕였다.

"좋아. 무공을 배우기 이전부터 내게 걸어오는 싸움은 마다하지 않았으니까."

저귀도 자리에서 일어났다.

두 사람은 곧 객잔 밖 앞마당으로 걸어 나갔다.

초추(初秋)의 양광(陽光)이 광활한 황무지를 더욱더 스산하게 만드는 가운데, 화군악은 천천히 군혼을 빼 들었다. 삼사 장 떨어진 자리에서 걸음을 멈춘 저귀는 어깨너비로 두 발을 벌린 채 태산처럼 우뚝 서 있었다.

화군악은 거친 호흡을 가다듬으며 평온해지려고 노력했다. 저귀의 말이 아니더라도 어떤 상황에서도 흔들림이 없는 평정심은 매우 중요했다. 특히 저귀와 같은 초절정의 고수와 맞서 싸울 때는.

'일격에 모든 걸 쏟아붓겠다.'

화군악은 천천히 내공을 끌어올려 군혼에 주입하며 마음을 다졌다. 장삼봄이 남긴 수백 개의 검흔을 떠올리면서 단 일검에 그 모든 검로를 그려 낼 작정이었다.

자신은 있었다.

비록 오륙 성 수준의 무위라고 해서 또 그게 일검에 수백 개의 검로를 펼치지 못한다는 의미는 아니었다.

단지 완벽하게 태극혜검을 펼쳤을 때 주변 백여 장의 모든 것들을 초토화한다면, 지금 수준으로는 십여 장 주변의 것들을 파괴하는 정도였다.

'그것만으로도 충분하다, 풍보 주인장 한 명을 상대로는.'

화군악은 앞으로 한 걸음 내디디면서 군혼을 쥔 자세를 하단에서 중단으로 바꾸었다. 일순 군혼에서 희미한 안개가 흘러나오는 듯하더니, 그 안개 속으로 군혼의 검날이 천천히 모습을 감췄다.

동시에 화군악의 전신에서 강렬한 투기가 뿜어져 나와 맹수처럼 저귀를 향해 덤벼들었다.

저귀는 어깨를 으쓱거렸다.

"잔재주를 부릴 생각은 하지 말자. 귀찮잖아."

화군악이 음산한 미소를 지었다.

"평생을 잔재주로 먹고 살아와서요. 그게 납니다."

"뭐, 마음대로. 하고 싶은 거 다 해 보게. 이게 마지막 기회이니까."

"좋습니다. 해 보고 싶은 거 다 해 보겠습니다."

화군악은 한 걸음 전진했다.

저귀와의 거리는 이 장여. 한 번의 도약으로 저귀의 손이 화군악에게 닿기에는 멀었지만, 반대로 화군악의 군혼은 충분히 닿을 수 있는 거리.

그 간격을 유지한 채 화군악은 다시 호흡을 가다듬으며 들끓고 있는 마음을 가라앉혔다. 그러나 그가 마음을 차분하게 가라앉히려 할수록 살기와 투기는 더욱더 진하고 강렬하게 뿜어져 나왔다.

저귀는 여전히 그 자리에 우뚝 서 있었다. 어찌 보면 태산 같기도 하고, 또 어찌 보면 수백 성상(星霜)을 버티고 살아온 거목(巨木)처럼 느껴졌다. 그의 몸에서 흘러나와 주변을 맴돌고 있는 기세는 호수처럼 잔잔하고 평온

했으며, 그 깊고 넓음은 바다와도 같아 보였다.

꿀꺽.

화군악은 저도 모르게 마른침을 삼켰다. 며칠 전 그의 한주먹에 당했던 순간이 떠올랐다.

그때와 지금의 저귀는 달랐다. 당시에는 거대한 폭풍이 휘몰아치는 강맹한 기세로 주먹을 날렸다면, 지금은 마치 모든 걸 휘감아 버리는 깊은 늪처럼 화군악을 기다리고 있었다.

화군악이 다시 한 걸음 앞으로 내디뎠다, 싶은 순간 갑자기 그의 신형이 안개 속으로 사라졌다. 바로 같은 순간 화군악은 어느새 저귀의 등 뒤로 돌아가 반드시 죽이겠다는 일념으로 군혼을 휘둘렀다.

번쩍!

가을의 햇빛에 군혼의 검날이 번뜩이는 찰나, 저귀의 등을 향해 삼백육십여 개의 검로가 동시다발적으로 그려졌다. 바로 화군악이 조합해 낸 태극혜검의 첫 번째 운용, 참멸(慘滅)이었다.

콰아앙!

천지가 괴멸하는 듯한 굉음이 터졌다. 주변 흙먼지가 한 송이 꽃처럼 피어올랐다.

그랬다. 십 성의 경지에 달한 원령혼무보와 원령투영신, 태극문해와 태극혜검의 참멸이 단 한 호흡으로 이어져 마침내 극강(極强)의 화려한 꽃을 피워 낸 것이었다.

3. 탕 한 그릇 먹을 텐가?

 소림사에 칠십이기(七十二技)라는 무공을 비롯하여 수많은 무공이 있듯이, 무당파에도 많은 종류의 무공이 있다.
 그중 검법의 수만 하더라도 대략 스무 종류 가까이 되었으며, 초심자 중급자 상급자 등의 수준에 따라 익히는 검법이 서로 달랐다.
 그 많은 검법 중에서도 가장 근본이 되고 기초라 할 수 있는 게 태극본검(太極本劍)-태극검(太極劍)이라고도 부른다-이었으며, 그 태극본검이 궁극적으로 지향하여 발현한 검법이 바로 태극혜검이었다.
 즉, 태극혜검은 무당파 검법의 기본이자 무당파 검공(劍功)의 완성이라 할 수 있었다.
 말년의 장삼봉이 일필휘지(一筆揮之)로 검을 휘둘러 무애암에 새긴 태극혜검의 검흔은 보는 이에 따라 그 개수가 달라지니, 화군악이 본 숫자는 삼백육십오 개. 곧 인체의 혈도 개수와 같았다.
 태극혜검은 하나이면서 또 여럿이었다. 그 숙련도나 의지나 필요에 따라서 얼마든지 새로운 검법을 만들어 낼 수가 있는 검공이 곧 태극혜검이었다.

수백 가닥의 검로로 이뤄진 태극혜검에서 몇 가닥만을 뽑아내면 태극본검이 되었고, 다시 몇 가닥을 조합하면 소청검법이 되었으며 태청검법이 되기도 했다.

즉, 태극혜검 안에는 무당파의 모든 검법과 검공이 담겨 있는 동시에 또 색다른 조합을 통해서 기존의 검들과 전혀 다른 자신만의 새로운 검법을 만들어 낼 수도 있었다.

지금 화군악이 자신의 모든 공부(功夫)를 한꺼번에 쏟아 낸 일격, 참멸의 일검이 바로 그런 것이었다.

* * *

화군악이 찾아낸 삼백육십오 개의 검흔은 한순간 폭죽처럼 터지면서 저귀의 등을 폭사했다.

콰아앙!

굉음과 함께 흙먼지가 꽃처럼, 분수처럼 피어올라 사방을 뒤덮었다.

화군악의 눈이 살기로 번들거렸다.

'성공인가?'

손에 느껴지는 묵직한 타격감은 확실히 저귀를 가격했다는 의미일 것이다.

하지만 화군악은 여전히 불안했다.

비록 지닌 모든 힘을 한꺼번에 쏟아부었다고는 하지만, 이 한 수로 쓰러뜨릴 수 있는 상대였다면 처음부터 자신이 한주먹에 나가떨어지지 않았을 테니까.

허공 높이 솟구쳤던 흙먼지가 천천히 하강하며 시야가 드러나는 가운데, 거대한 검은 그림자가 언뜻 보였다.

일순 화군악의 얼굴이 처참할 정도로 일그러졌다.

저귀였다.

저귀는 여전히 그 자리에 우뚝 서 있었다. 조금 전과 달라진 게 있다면 어느새 화군악을 향해 몸을 돌린 채 오른손을 앞으로 내밀고 있다는 점이었다.

화군악은 이를 악물었다. 흙먼지 속에서 무슨 일이 있었는지 알 것 같았다.

그가 모든 기술과 공부를 총동원하여 펼친 회심의 일격을, 저귀는 오직 오른손을 앞으로 뻗는 것만으로 막아 낸 것이었다. 어처구니가 없을 정도로 간단하고 단순한 동작으로.

승부는 끝났다.

재차 검을 휘두를 엄두조차 나지 않을 정도로 두 사람의 차이는 현격했다. 방금까지 살기등등했던 화군악의 어깨가 축 늘어졌다.

'완벽한 패배네. 뭐라 변명할 말이 떠오르지 않을 정도로.'

그는 모든 게 무너진 듯한 표정을 지으며 입을 열고자 했다. 패배를 시인하고 저귀의 말이 옳았음을 인정하고자 함이었다.

하지만 그보다 저귀가 빨랐다.

"취소하지."

잔뜩 흙먼지를 뒤집어쓴 저귀는 천천히 손을 거둬들이며 화군악을 향해 사과하듯 말했다.

"검 끝이 흔들리는 건 고민의 흔적이고 검로가 어지러운 건 변화를 찾는 과정이며, 검에 실린 힘이 균일하지 않은 건 한 초식 내에서도 힘을 배분하고 분배하려고 노력하는 것이더군그래. 내가 잘못 보았네. 미안하네."

저귀의 진지한 표정에 외려 화군악이 당황한 기색을 보였다. 화군악은 멋쩍게 웃으며 말했다.

"뭐가 미안하다고 그러는 겁니까? 솔직히 말하자면 주인장의 말이 모두 옳았습니다. 무위를 높이는 것에 집중하느라 미처 마음의 수양에 신경 쓰지 못했거든요. 정심이라든가 평정심이라든가 하는 것들에 대해서 전혀 관심을 두지 않았으니까요."

화군악은 진심을 담아 저귀를 향해 고개를 숙이며 말을 이었다.

"가르침, 감사드립니다. 앞을 밝히는 등불로 삼고 정진하겠습니다."

저귀는 조그만 눈을 동그랗게 뜬 채 그를 바라보다가 불쑥 입을 열었다.
"탕 한 그릇 먹을 텐가?"
화군악은 갑작스러운 그의 질문에 의아해하며 말했다.
"탕은 매일 먹지 않습니까? 꿩국이니 뭐니 하면서 말입니다."
"아, 그러니까 그런 탕이 아니라……."
저귀가 입을 열 때였다. 황무지 서쪽 하늘에서 새 한 마리가 빠른 속도로 날아왔다.
"전서구로군."
저귀의 화제가 바뀌는 순간이었다.
며칠 전 저귀가 북경부로 보냈던 전서구의 답신이 바로 지금 날아오는 저 전서구의 발목에 매달려 있을 터였다.
"가서 확인해 보세. 과연 아직 북경부에 십삼매가 있는지 말일세."
저귀는 서둘러 객잔 안으로 들어갔다.
'탕 한 그릇이 뭔데?'
화군악은 조금 전 그가 하려 했던 말이 무슨 의미일까 잠시 의아해하다가 곧 그의 뒤를 따라 객잔으로 향했다.

"아쉽게 되었군."
전서구의 발목에 묶인 전갈을 확인한 저귀는 화군악에

게 쪽지를 건네며 말했다.

 쪽지에는 간략하게 '부재(不在)'라는 글자가 적혀 있었다. 이미 십삼매가 북경부를 떠났다는 의미의 글이었다.

 "뭐, 그럴 거라고 생각은 했어요."

 화군악은 쪽지를 구겨서 아무렇게나 바닥에 집어 던지며 말했다. 수건으로 온몸의 흙먼지를 털어 내던 저귀가 그 광경을 보고는 눈살을 찌푸렸지만 화군악은 전혀 개의치 않은 채 말을 이어 나갔다.

 "최소한 이틀 정도 차이가 나는 것 같았으니까요. 게다가 십삼매도 그동안 유주를 오가느라 처리해야 할 일들이 산적해 있을 터, 북경부에서 마음 놓고 넉넉하게 머물지는 못했을 테니까요."

 "흠, 바쁜 모양이로군."

 "정말 바쁘죠. 그래도 전 대륙을 아우르는 조직의 수장인데요. 당연히 바쁘죠."

 "호오. 그렇게 바쁜 와중에 몸소 이 머나먼 유주까지 찾아온 겐가?"

 "그 정도로 우리를 좋아하나 보죠, 뭐."

 "그래? 뭐, 그건 그렇다 치고. 이제 자네는 어찌할 건가? 만약 예서 며칠 더 머무르면서 조금 더 수련해 보겠다면……."

 "에이, 나도 바쁘거든요."

화군악은 손사래를 치며 웃었다.
"하루라도 빨리 벽력당을 찾아야죠. 건곤가의 강시가 언제 또 공격해 올지 모르니까요."
"흐음, 그런가?"
저귀는 두툼한 목살을 긁었다. 보아하니 뭔가 고민 중인 듯했다.
화군악이 그의 눈치를 살피며 입을 열었다.
"저기 혹시 탕 한 그릇 줄 수 있어요?"
"음? 뭐라고? 탕이라고?"
저귀가 화들짝 놀라며 되물었다. 화군악은 예리한 눈빛으로 그런 저귀의 얼굴을 바라보며 말했다.
"네. 아까 탕 한 그릇 먹겠냐고 했잖습니까?"
"음. 내가 그리 말했던가?"
"네. 그렇게 말했거든요."
화군악은 난색을 취하는 저귀를 보다가 문득 뭔가를 떠올린 듯 의미심장한 미소를 머금으며 말을 이었다.
"뭐 이왕이면 산삼수 몇 가닥 들어 있는 탕이면 좋겠네요. 산삼수가 아니라 산삼이 통째로 들어가 있으면 더 좋겠고요. 하하하. 혹시 압니까? 장백설삼 한 뿌리를 달인 탕을 얻어먹을지도요."
화군악은 촐싹대듯 그렇게 말하며 낄낄 웃었다. 저귀는 한숨을 내쉬며 고개를 흔들었다.

"역시 내가 잘못 생각했던 게야."
그의 낮은 목소리를 미처 듣지 못한 듯 화군악이 물었다.
"네? 뭐라고요?"
"아니네. 탕이야 언제든지 줄 수 있지."
저귀는 자리에서 일어나 주방으로 향하며 말했다.
"아주 뜨끈뜨끈한 탕으로 준비하겠네."
화군악은 주방을 향해 소리쳤다.
"이왕이면 장백설삼 한 뿌리 넣어서요!"

* * *

화군악은 자신이 천하의 기연을 얻을 뻔했다는 사실을, 또 그 기회가 물거품처럼 사라졌다는 사실을 전혀 알지 못했다.

그저 반은 농 삼아 또 반은 진심을 담아서 '이왕이면 장백설삼 한 뿌리 넣어서요!'라고 소리쳤지만, 그때는 이미 저귀의 마음이 백팔십도로 바뀐 후였다.

사실 저귀는 화군악이 자신의 말을 금과옥조(金科玉條)로 여기고 앞을 밝히는 등불로 삼아서 정진하겠다고 했을 때만 하더라도 그를 또 다른 제자로 받아들이려고 생각했다.

그건 진심이었다. 남은 장백설삼과 모든 영초(靈草)를

달여서 그에게 먹일 생각이었다. 또한 담호에게 암기하라고 했던 책자까지 내줘서 똑같이 모든 걸 외우게 할 작정이었다. 담호에게 했던 그대로 화군악에게도 해 줄 요량이었다.

저귀에게는 자식이 없었다. 애당초 혼인하지 않았으니 당연한 일이었다. 무엇보다 사랑하는 여인이 없었으니 혼인도 할 리가 없었다.

어찌 보면 저귀는 오랫동안 강호에 떠도는 격언과 딱 맞아떨어지는 경우라 할 수 있었다.

−무림의 고수가 되려면 사랑하지 말라.
사랑했다면 가정은 이루지 말라.
가정을 이뤘다면 자식만큼은 낳지 말라.
이미 자식을 낳았다면 힘닿는 대로 많이 낳아라. 그들 중에서 네가 포기했던 무림 고수의 꿈을 이뤄 주는 아이가 생길지 모르니까.

저귀는 사랑한 적이 없었고 가정을 이룬 적도 없었다. 자식 또한 가진 적도 없었다. 그러니 그가 무림의 고수가 된 건 당연한 일이었다.

물론 제자도 키운 적이 없었으니 저귀는 자신의 무공이나 재산을 남겨 줄 사람도 없었다.

욕심이 없으니 여한이 있을 리가 없었다. 후대(後代)를 생각하지 않으니 아쉬울 것도 안타까울 일도 없었다. 그렇게 홀로 살다가 홀로 죽을 작정이었다. 담호를 만나기 전까지는.

하지만 담호를 제자로 받아들인 후 저귀는 그때까지 느끼지 못했던 행복과 기쁨을 알게 되었다. 제자를 키우는 행복과 자신의 것을 물려주는 기쁨을 발견했다.

그래서 저귀는 화군악의 이야기를 들으며 한순간 한 명의 제자보다는 두 명의 제자가 더 큰 행복과 기쁨을 가져다줄 거라는 욕심을 부린 것이다.

때마침 날아든 전서구로 인해 제정신을 차리고 화군악의 평소 모습을 재차 확인할 수 있었던 건 저귀의 복(福)이자, 화군악의 불운(不運)이었다.

물론 처음부터 끝까지 저귀의 생각을 전혀 눈치채지 못한 화군악은 그게 불운인지도 모른 채 저귀가 끓여 준 뜨거운 탕을 먹으며 행복해했지만.

4장.
북해빙궁(北海氷宮)

유주를 건너오면서 지금까지 살아남은 화평장 무사 대부분은 다름 아닌 빙궁의 무사들이었다.
또한 그들은 오 년이 넘는 오랜 시간 동안 머나먼 타지에서 수많은 전투 속에서 끝까지 버티고 살아남은 이들이기도 했다.

북해빙궁(北海氷宮)

1. 올적합(兀狄哈)

 화군악이 저귀와 함께 전서구의 답신을 확인하고 있을 즈음, 그곳에서 수천 리 떨어진 곳에 있는 강만리 일행은 막 북해빙궁의 세력권으로 진입하고 있었다. 무두르와 여진족의 배웅을 받으며 길을 나선 지 사흘째 되는 날이었다.
 북으로 향할수록 기온은 떨어지고 바람이 매서워졌다. 빙궁에서 약 하루 정도 떨어진 지역에 이르렀을 때 강만리는 마차와 수레, 말들이 잠시 멈춰 세웠다. 아침 겸 점심을 먹기 위함이었다.
 이내 대여섯 개의 모닥불이 피워졌고, 사람들은 종종걸

음으로 모닥불에 몰려들었다. 정오의 햇살은 여전히 맑고 강렬했지만, 그래도 모닥불 앞의 온기가 행복하게 느껴질 정도로 북방의 날씨는 차갑기 그지없었다.

"어떻습니까?"

"안 좋아."

강만리의 질문에 태산내내는 눈살을 찌푸리며 말했다.

"안 그래도 괜히 유명촌을 떠나왔다고 후회하는 중이었네. 엉덩이는 아프고 날씨는 추운 것이 삭신이 다 쑤시네."

"그러니 마차에 계시라니까요."

"다른 이들은 다 말을 타는데 어찌 나만 한가로이 마차에 오를 수 있단 말인가?"

"명색이 고묘파 사모이니까요."

"사모는 얼어 죽을. 됐고, 이제 얼마 남았나?"

"내일 아침이면 도착할 겁니다."

"그래? 그 정도라면 참아 봐야지. 뭐, 어쨌든 그래도 신선한 고기를 먹을 수 있어서 나쁘지는 않군."

태산내내는 모닥불 위에서 구워지고 있는 고기들을 바라보며 입맛을 다셨다.

무두르의 선물 중 하나가 순록의 고기와 멧돼지의 고기였다. 원래 산짐승의 고기는 제대로 취급하지 않으면 꽤 지독한 냄새를 풍기는데, 무두르가 선물한 고기들은 전혀 그렇지 않았다.

 몇 가지 향료와 소금으로 간을 한 다음 모닥불 위에 올려놓고 반 시진 정도 구워 낸 고기는 그야말로 일미(一味)라고 할 수 있을 정도로 맛있었다.

 사람들은 뜨거운 국물로 추위를 달래면서 마음껏 고기를 구워 먹었다.

 "내일 아침이면 빙궁에 도착할 거예요."

 예예가 반짝이는 눈빛으로, 마침 태산내내와의 대화를 마치고 자리로 돌아온 강만리를 바라보며 말했다.

 "아정이 태어날 때 때마침 오셔서 보시기는 했지만 그래도 이만큼 큰 아정을 보는 건 이번이 처음이시잖아요? 어떤 반응을 보이실까 정말 기대가 돼요."

 강만리는 저도 모르게 엉덩이를 긁적였다.

 강정의 출산을 앞둔 예예에게 깜짝 선물을 하겠다고 이 머나먼 북해빙궁까지 연락을 취해서 빙룡왕과 유화부인을 초빙한 건 강만리의 작품이었다. 그리고 빙룡왕 내외는 근 한 달 가까이 성도부 화평장에 머무르면서 강정의 출산을 지켜보았다.

 사실 강만리는 그것으로 자신이 할 일을 다했다고 여겼다. 강정이 돌을 맞이하고 두 돌, 세 돌이 될 때도 또 다시 빙룡왕을 초빙하거나 혹은 직접 빙궁을 찾아갈 생각은 전혀 하지 않았다.

물론 무적가를 비롯한 오대가문과의 싸움이 한참인 까닭도 있었다. 또 '처가(妻家)와 뒷간은 멀면 멀수록 좋다'라는 옛말처럼 강만리가 엄한 장인어른을 자주 만나려 하지 않는 것도 당연했다.

하지만 반대로 예예의 처지에서 생각해 보자면 서운할 법도 할 일이었다.

'만나고 싶었겠지.'

비록 출가외인(出嫁外人)이라는 말이 있기는 하지만 그래도 자신을 낳아 주고 길러 준 부친이었다. 당연히 보고 싶었을 테고, 또 아들 아정도 자랑하고 싶었을 것이었다.

'뭐, 지금이라도 만나는 거니까.'

강만리는 어깨를 으쓱거리다가 문득 사자처럼 위엄이 넘치고 위압감을 뿜어내는 빙장(聘丈)의 모습이 떠올랐다. 어디로 튈지 모르는 성격에 오만하고 안하무인으로 사람을 대하던 당시의 모습이 새삼스러웠다.

빙장 빙룡왕을 떠올리는 순간 강만리의 입에서는 저도 모르게 한숨이 흘러나왔다.

"왜요? 아직도 아빠가 무서워요?"

예예가 눈치 빠르게 웃으며 물었다. 강만리는 망설이지 않고 대답했다.

"무섭지. 빙룡왕을 무서워하지 않는 사람은 천하에서 오직 당신뿐일 거야."

"뭐, 새엄마도 전혀 무서워하지 않을걸요?"

"아, 그렇구나!"

일순 강만리는 제 이마를 치며 자책했다.

"이런 바보 같으니라고. 까마득하게 잊고 있었다. 빙모(聘母)께서도 여진족 사람이시라는 걸 말이지."

북해빙궁의 궁모(宮母), 빙룡왕의 후취(後娶)이자 예예의 새엄마인 유화부인(柔花婦人)의 본명은 '비순일하'로, 잠시 강만리가 잊고 있었지만 어디까지나 그녀는 여진족의 한 종족을 이끄는 어전이자 추장이었다.

'빙모의 종족이 어디냐에 따라서……'

앞으로 싸우거나 대립하거나 포섭하게 될 또 다른 여진의 종족에게 영향을 미칠 수 있었다.

강만리가 신음을 흘리며 자책하는 모습을 본 예예는 잠시 고개를 갸웃거리다가 조금 떨어진 곳에서 수하들과 함께 식사하고 있던 양위를 불렀다. 곧 양위가 달려왔고, 예예는 강만리의 옆구리를 치며 말했다.

"빙궁의 일이라면 양 당주에게 물어보세요. 저보다는 많이 알 테니까요."

예예의 충고대로 강만리가 유화부인에 대해서 묻자, 양위는 이상하다는 표정을 지으며 말했다.

"그때도 말씀드린 것 같은데요. 벌써 잊으셨나 봅니다."

강만리의 눈이 커졌다.

"언제 말이오?"

"처음 빙궁에 오셨을 때 말입니다. 원래 유화부인께서는 여진의 팔대부족 중 하나인 올적합(兀狄哈) 추장의 아내였다고 말입니다."

"음?"

강만리는 기억을 더듬었다.

나름대로 기억력 하나는 최고라고 자부하던 그였으나 유화부인의 이야기는 쉽게 떠오르지 않았다. 아무래도 자신과 상관없는 일이라도 귓등으로 듣고 흘려보낸 모양이었다.

양위가 계속해서 설명했다.

"우리 빙궁과의 전투 도중에 올적합 추장이 죽게 되자, 유화부인께서 직접 찾아와 화친을 제안하셨습니다. 당시 궁주께서는 화친은 무슨 화친이냐면서 노발대발하셨다가 직접 유화부인을 만나자마자 사랑에 빠지셨죠."

"아, 그 이야기를 들으니 기억이 나네."

강만리는 크게 고개를 끄덕이며 말했다.

"확실히 첫눈에 사랑에 빠질 정도로 아름다우셨지. 맞아, 내가 그렇게 말한 기억이 나는구려."

강만리는 그제야 당시의 기억을 떠올릴 수가 있었다.

'그때 예예가 새엄마를 못마땅하게 여겨서 울고불고 난

리를 피웠지. 맞아, 그때 빙모의 대응이 생각보다 훨씬 침착하고 자연스러워서 꽤 이채로웠던 기억이 나는군.'

잠시 그때의 일을 회상하던 강만리는 다시 양위를 돌아보며 물었다.

"조금 전 여진의 팔대부족이라고 했는데 어떤 부족들이 있소? 그리고 그중에서 종리군에게 포섭된 부족은? 울적합과 무두르의 잘란 관계는?"

강만리가 쉬지 않고 질문을 퍼붓자 양위는 난감한 표정을 지으며 말했다.

"입이 열 개라도 대답하기가 힘들 것 같습니다."

"음? 아, 미안하오. 내가 생각이 너무 앞선 모양이오. 그래, 하나씩 물어보겠소. 여진의 팔대부족에 대해서 먼저 이야기해 주시오."

"팔대부족이라는 건 북해 일대에서 횡행하는 족속들만을 따로 일컬어 그리 말하는 겁니다. 실은 모두 열세 부족이 있는 걸로 알고 있습니다."

여진은 분포된 지역에 따라 크게 건주여진(建州女眞), 해서여진(海西女眞), 야인여진(野人女眞)으로 분류된다.

그중 건주여진은 다섯 부족, 해서여진은 네 부족으로 구성되어 있으며 거기에 야인여진의 네 부족까지 합쳐서 여진의 족속은 모두 열세 부족이라고 이야기한다.

하지만 시대의 변천에 따라서 열세 부족은 더 늘어나기

도, 줄어들기도 하였다.

 그리고 그들 열세 부족은 다시 크고 작은 여러 개의 잘란으로 나뉘는데, 그 결속력이 희미하고 단단하지 않아서 같은 부족끼리도, 같은 잘란끼리도 생사를 걸고 싸우는 경우가 왕왕 있었다.

 "그러니 각 부족 간의 관계는 크게 상관이 없을 겁니다. 외려 잘란을 이루는 소규모의 촌락 간의 사이가 어떠한지가 더 중요하리라 생각합니다."

 양위는 계속해서 말을 이었다.

 "울적합, 여진의 말로는 우디거라고 하는 종족은 건주여진의 오대 부족 중 한 곳으로 대부분의 울적합은 장백산을 중심으로 살아갑니다."

 "이상하구려. 그렇다면 빙모의 울적합 부족은 어찌 북해까지 와서 빙궁과 싸움을 벌였단 말이오?"

 "유화부인의 부족은 무두르의 잘란이 속한 우디캐족과 싸워 패배한 후 북쪽으로 이주했습니다. 그리고 다시 그곳에서 우리 빙궁과 전투를 벌이다가 추장이 죽게 된 것이죠."

 "흐음, 그렇다면 빙모의 부족 사람들은 무두르의 잘란을 원수처럼 여기겠구려."

 "그건 또 아닌 것 같습니다. 정면으로 싸워서 지고 이기는 건 정정당당한 싸움이라 해서 앙심을 품거나 복수를 꿈꾸지 않는 게 여진족의 특성입니다. 외려 자신들을 이긴 상대를 칭찬하기도 하고, 또 심지어 존경하기까지 합니다. 그런 특성이 아니고서야 어찌 자신들의 추장을 살해한 본 궁과 혼인을 논할 수 있었겠습니까?"

"흐음, 그 부분에서는 여진족 사람들이 우리보다 나은 것 같소."

"마지막으로 종리군에게 포섭된 부족은 저 열세 부족 중 최소한 열은 되지 않을까 싶습니다. 물론 무두르의 이야기를 듣고 추정한 것일 뿐, 확실하지는 않습니다."

양위의 말에 강만리는 잠시 생각하다가 고개를 끄덕였다.

"알겠소. 덕분에 많은 도움이 되었소."

양위가 허리를 숙이며 말했다.

"도움이 되었다니 기쁠 따름입니다."

식사를 끝낸 일행은 다시 북쪽으로 이동하기 시작했다. 날이 어두워지자 모닥불을 피우고 하룻밤을 묵으려 할 때, 일대를 순찰하던 빙궁의 무사들이 그들과 조우했다.

제대로 대화를 나누지도 않은 채 성급하게 상대를 오인한 까닭에 하마터면 싸움이 일어날 뻔하기도 했다. 하지만 과거 빙궁의 순찰당주였던 양위가 앞에 나서자 빙궁의 무사들이 깜짝 놀라며 허리를 굽혔다.

"공주의 행차이시다. 가서 궁에 알리도록 하라."

양위는 위엄 넘치는 목소리로 지시를 내렸고 명령을 받은 순찰 무사들은 어둠 저편으로 모습을 감췄다.

다음 날 아침. 강만리 일행이 머물고 있던 숲은 그들을 맞이하려고 나온 북해빙궁의 무사들로 인해 가득 찼다. 강만리 일행은 그들의 안내를 받으며 북해빙궁으로 향했다.

대략 반나절 정도 이동했을까. 마침내 백여 채의 크고 작은 고루전각(高樓殿閣)을 둘러싼 거대한 장원이, 안개 낀 숲 저편에서 모습을 드러내기 시작했다.

바로 그곳이 이 드넓은 북해의 주인, 빙궁이었다.

"호오."

강만리는 깜짝 놀랐다. 장원 입구에는 수천 명의 사람이 모여 있었던 것이었다.

벌써 눈물을 흘리는 이들이 있는가 하면, 예예를 환호하고 강정의 이름을 연호하는 이들도 있었다.

그들뿐만이 아니었다. 빙궁의 웅장한 모습과 환영 인파의 면면을 확인할 수 있을 정도로 가까워지자, 수레의 부상병이나 말을 타고 있던 화평장 무사들 또한 닭똥 같은 눈물을 흘리기 시작했다.

유주를 건너오면서 지금까지 살아남은 화평장 무사 대부분은 다름 아닌 빙궁의 무사들이었다. 또한 그들은 오 년이 넘는 오랜 시간 동안 머나먼 타지에서 수많은 전투

속에서 끝까지 버티고 살아남은 이들이기도 했다.
 그렇게 죽음을 넘나드는 전투의 끝자락을 지나 이렇게 고향 땅, 고향 사람들, 친척과 가족의 얼굴을 보게 되자, 그 강인한 정신과 불굴의 투지를 지닌 화평장 무사들도 눈물을 흘리지 않을 수가 없는 것이었다.

2. 격장지계(激將之計)

 아들을, 딸을, 형을, 동생을 저 머나먼 사천 성도부로 보낸 가족들은 누가 먼저라고 할 것 없이 달려 나와 말 등에 올라탄 자들을 끌어 내려 부둥켜안았으며, 수레를 타고 있는 부상병의 손을 잡고 뺨을 비비며 한껏 울음을 터뜨렸다.
 애타게 그리워하던 자식의 모습이 보이지 않아서 큰 소리로 아들, 딸의 이름을 부르며 찾아다니는 이들도 있었다. 수년간 헤어져 있던 가족을 만난 화평장 무사들도 마찬가지였다.
 끝까지 살아남은 자는 살아남은 이유로, 이미 죽은 자의 소식만을 전하게 된 자는 그 소식을 전하는 이유로 눈물을 흘리고 죄스러워했다.
 "우리 먼저 갑시다."

전(前) 북해빙궁 무사들이 자신들의 가족을 얼싸안는 광경을 지켜보던 강만리는 문득 나지막한 목소리로 양위에게 말했다. 양위는 고개를 끄덕이고는 쌀두마차와 고묘파 사람들을 먼저 장원 내부로 이동하게 하였다.

 북해빙궁의 절대자, 빙룡왕(氷龍王)이 거주하는 빙룡각(氷龍閣)의 웅장한 대전(大殿)에는 미리 전갈을 받은 수많은 이들이 이미 모여 있었다.

 관록 넘치는 무장(武將)과 현기(玄機) 가득한 눈빛의 신하들, 그리고 울퉁불퉁한 근육을 자랑하는 여진의 무리까지 대략 백여 명이 넘는 이들이 대전 좌우를 가득 메우고 있었다.

 대전 중앙으로는 붉은 양탄자가 깔려 있었는데 그 정면에는 두 개의 태사의가 마련되었고, 그 자리에는 빙룡왕과 그의 아내 유화부인이 앉아 있었다.

 그들은 강만리를 비롯한 화평장 식구들과 고묘파 도사들을 진심으로 반겨 맞았다.

 비록 늙기는 하였으나 아직도 기골장대한 빙룡왕은 언제나처럼 호탕하였고, 유화부인은 오륙 년 전보다 훨씬 더 유창한 한어를 구사하였다.

 수년 사이에 더 늙은 부친을 본 예예는 눈물을 글썽였지만 그래도 지난번처럼 울음을 터뜨리지는 않았다.

 빙룡왕과 유화부인은 처음 보게 된 외손자를 얼싸안은

채 감격에 겨워했다.

놀랍게도 어린 강정은 생전 처음 보는—실제로는 두 번째이지만— 할아버지와 할머니를 전혀 두려워하거나 무서워하지 않았다. 외려 빙룡왕이 자신을 높이 쳐들자 까르르 웃으면서 즐거워했고, 빙룡왕의 새하얀 수염이 탐난다는 듯 수염을 잡아당기기도 했다.

"낯을 가리지 않네요."

유화부인의 말에 예예가 웃으며 말했다.

"성격이 꼭 할아버지를 닮았거든요."

"허허허! 그렇지. 모름지기 사내란 그래야 하는 법이다. 어린 녀석이 아주 크게 될 상(相)이로구나."

빙룡왕은 버릇없이 제 수염을 잡아당기는 외손자를 향해 한없이 부드러운 표정을 지으며 그렇게 말했다.

강만리의 소개로 화평장 사람들과 고묘파 도사들이 차례로 일어나 빙룡왕에게 인사했다. 그렇게 간단한 수인사가 끝나자마자 곧바로 잔치가 열렸다.

분위기는 화기애애했다. 평소 냉소적인 말투였던 태산내내도 북해빙궁 사람들에게 예의를 갖춰 이야기했으며, 북해빙궁 역시 화평장과 고묘파 사람들을 가족처럼 친근하고 편안하게 대했다.

그렇게 밤이 깊을 때까지 이어지던 연회의 끝자락. 강정을 비롯한 아이들이 꾸벅꾸벅 졸거나 잠투정을 하기 시작하면서 그것으로 연회는 끝났다.

화평장의 여인들은 아이들은 안은 채 시녀들의 안내를 받아 영빈청(迎賓廳)으로 향했다. 고묘파 도사들도 자리에서 일어났고, 북해빙궁의 신하들 또한 그들과 함께 대청을 빠져나갔다.

이제 대전는 빙룡왕과 유화부인, 그리고 강만리와 장예추, 담우천 등을 비롯한 화평장의 사내들만 남아 있었다. 그렇게 분위기가 가라앉고 인원이 단출해지자 강만리는 눈치 볼 것 없이 곧바로 본론을 꺼냈다.

그는 지금 자신들이 처한 상황에 관해서 설명했다. 오대가문에게 쫓기는 것과 황계의 그늘에서 벗어나 독자적으로 움직이고자 한다는 걸 이야기했다.

강정과 놀아 줄 때는 한없이 자애롭기만 하던 빙룡왕의 표정은 그 어느 때보다도 근엄하고 냉정했다.

"그러니까 황계의 그늘에서 벗어나 이번에는 본 궁의 비호 안으로 들어오겠다 이건가?"

빙룡왕의 예리하고 강렬한 질문이 강만리의 가슴을 후벼 팠다. 하지만 강만리는 침착한 얼굴로 대답했다.

"여러 이유가 있기는 하지만 결론적으로 말씀드리자면 그렇습니다."

"흠, 그건 마치 숙주를 갈아타는 기생충 같군그래."

일순 담우천 등 화평장 사내들의 안색이 딱딱하게 변했

다. 그러나 강만리는 여전히 침착한 어조로 말했다.

"그건 조금 다릅니다."

"달라? 뭐가?"

"황계는 타인이지만 빙궁은 가족입니다. 재기를 위해서, 혹은 독립을 위해서 한동안 가족에게 의탁하는 건 전혀 흉이 될 일이 아니니까요."

"예예는 어디까지나 출가외인일 터?"

"그럼 예예나 아정을 장인어른의 가족으로 더는 생각하지 않으신다는 뜻입니까?"

이번에는 강만리가 냉정한 어조로 물었다. 그러자 빙룡왕이 찔끔해하며 한발 물러섰다.

"말이 그렇다는 거다."

강만리는 그 틈을 놓치지 않았다.

"북해빙궁 이야기는 예예가 먼저 꺼냈습니다. 사실 처음의 제 계획으로는 오대가문의 힘이 미치지 않는 십만대산(十萬大山)을 생각했습니다. 아무리 오대가문의 세력이 강대하다 한들 그 험준하고 수많은 봉우리를 모두 샅샅이 뒤질 여력은 없으니까요."

한때 무림과 황궁에 공포의 대상이었던 마교(魔敎)의 본거지가 바로 십만대산에 있었다.

그 마교를 궤멸시키기 위해서 동원된 인력은 나라의 병력을 포함 무려 백만이 넘었다. 그럼에도 불구하고 장장

이십 년이라는 세월과 황금 수백만 냥을 투자하여 겨우 그들을 멸절할 수 있었다.

몇몇 사가(史家)들은 마교를 궤멸시키느라 국력이 소진되는 바람에 결국 나라가 망하고 몽고의 지배를 받게 되었다는 주장을 피력했다.

강만리는 다시 차분하고 담담한 표정을 지으며 말을 이어 나갔다.

"그리 오래 의탁할 생각은 없습니다. 아무리 가족이라고 하더라도 어디까지나 폐(弊)는 폐이니까요. 더더군다나 아무리 북해의 지배자인 빙궁이라 할지라도 건곤가의 천예무와 싸울 엄두는 확실히 나지 않을 테니까 말입니다."

"그건 또 무슨 소리더냐?"

빙룡왕이 눈살을 찌푸리며 말했다.

"비록 우리가 변방에 있기는 하지만 그 세력이나 무위, 전력만큼은 오대가문 그 어느 곳과 견주어도 결코 뒤지지 않는다. 그걸 알기에 매년 태극천맹과 오대가문이 우리에게 화친의 선물을 보내오는 게 아니더냐?"

"천예무는 결코 평범한 자가 아닙니다. 무림은 물론, 역성혁명까지 꿈꾸고 있는 자입니다."

"누구든 어리석은 시절에는 다 한 번 정도 그런 꿈을 꾸기 마련이다. 하나 나이가 들고 현명해지면서 그게 헛

된 망상임을 알게 되는 법. 천예무는 여전히 어리석은 애송이에 지나지 않는다."

빙룡왕은 탁자를 내리치며 말했다.

"좋다! 머물고 싶을 때까지 얼마든지 머물도록 하라. 폐니, 의탁이니 하는 생각은 버리고. 자네 말대로 가족끼리는 그런 생각을 하는 게 아니니까."

"감사합니다. 장인어른."

강만리는 자리에서 일어나 두 손을 모으며 인사한 다음, 다시 다음 화제로 이야기를 전환했다.

그가 꺼낸 두 번째 이야기는 무두르의 잘란과 종리군에게 포섭된 여진족의 움직임에 관한 내용이었다.

빙룡왕은 더없이 진중한 표정으로 강만리의 이야기를 듣다가 문득 손을 내저으며 입을 열었다.

"그건 이 늦은 시간에 이야기하기에는 너무 무거운 주제인 것 같네. 가뜩이나 먼 길을 온 까닭에 다들 피곤할 터, 오늘은 푹들 쉬고 내일 점심 무렵에 다시 대화를 이어 가도록 하세."

강만리도 토를 달지 않았다.

"고맙습니다. 그럼 편히 쉬시기 바랍니다."

강만리 일행은 곧 시녀들의 안내를 받으며 빙룡각 대전을 나섰다.

설벽린이 목소리를 낮춰 강만리를 향해 소곤거렸다.

"형님의 격장지계가 제대로 통한 것 같습니다. 그토록 험악하던 빙룡왕을 단 순간에 아군으로 끌어들였으니까 말이죠."

"격장지계? 험악?"

강만리는 코웃음을 쳤다.

"그건 네가 장인어른을 몰라서 하는 말이다. 애당초 장인어른은 우리를 내쫓을 생각은 조금도 하지 않으셨을 테니까."

"네? 그럼 왜 처음에 그리 말씀하셨대요?"

설벽린의 질문에 묵묵히 걷던 담우천이 불쑥 입을 열었다.

"그건 오대가문과 빙궁이 척을 지게 만든 우리가 죄책감을 느끼지 않게 하기 위함이겠지."

강만리가 고개를 끄덕였다.

"맞습니다. 장인어른은 충분히 그러고도 남으실 분이거든요."

강만리 일행이 대전을 빠져나가고 문이 닫히자 잠자코 듣기만 했던 유화부인이 빙룡왕의 손을 어루만지며 말했다.

확실히 지난 수년 동안 그녀의 한어 실력은 일취월장하여 이제는 그녀의 말투에서 조금도 어색하거나 어눌한 느낌이 들지 않았다.

"잘하셨어요."

빙룡왕이 해맑게 웃으며 말했다.

"티가 나지 않았소?"

"전혀요. 완벽하게 격장지계에 넘어간 모습이셨어요."

"흠, 그럼 다행이고. 저 녀석들이 부담감을 느끼거나 미안해하면 사실 그것도 답답한 노릇이니까."

"왜 부담감이나 미안한 마음을 갖지 않겠어요? 어찌 되었든 결국 우리 빙궁을 전화(戰禍) 속으로 끌어들였는데요. 모르기는 몰라도, 당신이 편안하게 대하면 대할수록 그 죄책감은 더 커질 거예요."

"그럼 계속해서 삐딱하게 굴어야 하오?"

"그건 또 아닌 것 같네요."

유화부인은 웃으며 말했다.

"이미 그들을 가족으로 받아들이셨으니 앞으로는 평소 모습 그대로, 저와 빙궁 사람을 대하듯 그리하시면 될 거라 생각합니다."

"고맙소."

빙룡왕은 유화부인을 가볍게 껴안으며 말했다.

"이게 다 미리 당신이 조언해 준 덕분이오."

"너무 마음 놓지 마세요. 사위 말을 들어 보니 상당히 복잡하고 해결하기 어려운 문제가 산적해 있으니까요. 만약 여진이 하나로 뭉친다면 그건 저 건곤가나 오대가문이 주는 위협과는 전혀 다른 문제가 될 거예요."
 유화부인은 여진족이었고, 그런 만큼 여진족의 특성을 누구보다도 잘 알고 있었다. 하나로 뭉치기는 어렵지만 한 번 하나로 뭉치면 그 누구도 당해 낼 수 없는 족속, 그게 바로 여진족이었다.

3. 한 치 걸러 두 치

 오랜 여정의 피로 때문이었을까. 이제는 안심하고 편히 쉴 수 있다는 안도 때문이었을까. 다음 날, 화평장 식구들은 단 한 명을 제외하고 모두 해가 중천에 뜰 때까지 늦잠을 잤다.
 강만리는 코를 골며 자다가 제풀에 화들짝 놀라며 번뜩 눈을 떴다. 창밖으로 차가워 보이는 햇살이 들어오는 것이 벌써 겨울이 성큼 다가왔구나 싶을 정도였다.
 '아, 북해였지.'
 강만리는 햇살이 그토록 차가워 보이는 이유를 뒤늦게 떠올리며 주위를 둘러보았다.
 예예는 강정을 끌어안은 채 새근거리며 자고 있었다. 그녀 역시 고향 집이 주는 편안함 때문인지 좀처럼 볼 수 없는 늦잠을 자고 있었다.

강만리는 그녀가 깨지 않도록 조심스레 일어나 옷을 갈아입은 후 살금살금 방을 빠져나왔다. 햇빛이 들지 않는 복도를 따라 대청으로 나온 후 다시 문을 열고 밖으로 걸어 나온 강만리는 생각보다 훨씬 차가운 공기에 한 차례 몸을 부르르 떨었다.
"응? 언제 일어났니?"
강만리는 문득 눈을 휘둥그레 뜨고는, 대청 앞마당에서 홀로 검을 휘두르고 있던 담호를 바라보며 물었다.
담호는 뒤늦게 강만리를 확인한 듯 황급히 검을 거둬들이고는 허리를 숙여 인사했다.
"일어나셨어요, 강 숙부."
"그래. 지금 일어났다. 그러는 너는?"
"반 시진 전에 일어났어요. 달리 할 게 없어서 가볍게 몸이나 풀까 하고……."
"허어, 정말이지 너란 녀석은."
강만리는 혀를 내둘렀다.
누구나 인정하는 자질을 지닌 녀석이었다. 거기에다가 무엇보다 중요한 '노력'이라는 재능도 겸비했다. 그런 담호가 하루가 다르게 쑥쑥 성장하는 게 강만리의 눈에 보이는 건 너무나도 당연한 일이었다.
사실 담호는 열 살 언저리까지 제대로 무공을 익히지 못했다. 무엇보다 자식을 무림인으로 키울 생각이 없던 담우천의 고집 때문이었다.

 만약 친모였던 자하가 그런 담우천의 고집에도 불구하고 담호에게 한 수의 무공이라도 전해 주지 않았더라면, 아마 지금의 그는 없었을지 모른다.

 어쨌든 담호는 다른 무가의 일반 또래들보다 확실히 그 시작이 늦었다. 또 담호는 그걸 누구보다 잘 알고 있었다. 그렇기 때문에 다른 이들보다 몇 배는 더 노력하고 수련해야 한다고 생각했으며, 그렇게 실천하고 있는 중이었다.

 사실 현실을 깨닫고 앞으로 나아가기 위한 계획을 세우는 건 그리 대단한 게 아니었다. 누구나 그 정도는 다 할 수 있었으니까.

 담호가 대단한 건 그 계획을 꾸준히, 쉬지 않고 계속해서 실천한다는 점이었다. 단 하루도 쉬지 않고, 오늘 같은 날에도 다른 이들보다 일찍 일어나 홀로 수련하는 게 진짜 대단하고 무서운 점이었다.

 '게다가 내공도 부쩍 는 것 같은데?'

 강만리는 조금 전 담호가 휘두르던 검의 위력을 떠올리며 고개를 갸웃거렸다.

 '만해 사부와 구 당주가 따로 저 녀석에게 뭘 복용시킨 걸까?'

 아니, 그것보다는 화평장 사람들에게 먹이고 남은, 담

우천의 황금인형설삼과 나찰염요의 만년화리 내단을 복용했을 가능성이 더 컸다.

강만리는 살짝 서운해졌다.

'쳇. 예예는 천년하수오 전부를 내놨는데 말이지.'

당시 화평장 무사들의 내공 증진을 위해서 사람들은 황궁 보고에서 가져온 영약들을 아낌없이 내놓았다.

그때 만해거사와 구자육은 약효를 최고로 끌어올리는 배합을 연구하는 과정에서 소용이 없게 된, 담우천과 나찰염요, 그리고 정소흔의 약을 일부분 돌려주었다.

하지만 아쉽게도 예예의 천년하수오는 뿌리 한 조각도 돌려받지 못했다.

'그런 사실을 모를 리 없을 터, 우리 아정에게도 조금이나 정(情)을 베푸시지들.'

굳이 담호에게 남은 영약을 모두 먹일 것까지는 없지 않았나, 하는 아쉬움이 강만리의 뇌리에 파고들었다.

이런 걸 한 치 걸러 두 치라고 하던가.

강만리는 그런 아쉬움을 뒤로한 채 담호에게 걸어가 어깨를 다독이면서 말했다.

"너무 무리하지 말고 쉬면서 해라."

"네, 강 숙부."

"그리고 아버지 일어나시면 다른 숙부들과 함께 빙룡각으로 오시라고 전하고."

"그리 말씀드리겠습니다."

"그럼 수고해라."

강만리는 어슬렁거리며 빙룡각으로 향했다.

빙궁은 거대한 마을과도 같았다. 수백 개의 크고 작은 전각에서 수천 명의 무사와 그 식솔들이 모여 사는 마을. 그 마을 중앙부에 내당이 있고, 내당 한가운데에 빙룡각이 중심을 잡고 우뚝 서 있었다.

빙룡각 입구를 지키고 서 있던 무사들이 강만리를 보고는 허리를 숙여 인사한 후 안으로 안내했다. 대전의 넓은 탁자에는 빙룡왕과 유화부인만이 앉아 있었다.

강만리가 그들을 향해 허리를 숙여 인사했다.

"죄송합니다. 늦잠을 잤습니다."

유화부인이 웃으며 말했다.

"늦잠을 잤다는 건 그만큼 이곳이 자신의 집처럼 편안했다는 의미, 외려 우리가 기쁘게 받아들일 일이네요."

"말씀 낮추셔도 됩니다, 장모님."

"사위께서 불편하지 않으시다면 저는 이게 편하답니다."

유화부인이 그렇게까지 말하니 강만리도 어쩔 도리가 없었다.

"앉게나."

빙룡왕의 말에 따라 강만리는 자리에 앉았다. 빙룡왕이 계속해서 말했다.

"다른 친구들은 아직 자고?"

"지금 오는 중일 겁니다."

"흠, 생각보다 게으른 자들이로군."

"죄송합니다. 장모님 말씀대로 아무래도 이곳이 제집처럼 편했나 봅니다."

"허험. 뭐, 그건 그렇고. 그래. 자네는 그 종리군이라는 자에 대해서 어찌 생각하나?"

빙룡왕의 말에 강만리는 제 생각을 가감 없이 이야기했다. 가만 놔두면 오대가문보다도 더 위험한 자일 거라고, 여진족이 그의 뜻대로 움직이지 못하도록 반드시 막아야 한다고 말했다.

빙룡왕은 힐끗 유화부인을 돌아보았다.

"여진의 일은 제가 조금 알아요."

그렇게 입을 뗀 유화부인이 나지막한 목소리로 말을 이어 나갔다.

"기존의 가장 큰 세력이었던 울적합이 빙궁에 패퇴한 이후로 현재 가장 큰 세력을 지닌 족속은 올랑합(兀郎哈)의 자쿤 투만이에요."

강만리는 멍한 표정을 지었다. 그녀가 하는 말을 전혀 알아들을 수가 없었던 것이다.

'양 당주가 곁에서 번역을 해 줘야 하는데.'

유화부인은 그런 강만리의 표정을 보고는 빙긋 미소를

머금으며 재차 입을 열었다.

"올랑합은 여진의 말로 우랑캐라고 해요. 조선에서는 오랑캐라고도 부르죠. 자쿤은 팔(八)이라는 숫자를, 투만은 만(萬)을 뜻하는 단어이니 자쿤 투만은 곧 팔만 명을 이끄는 대추장을 가리키는 말입니다."

"아."

강만리는 저도 모르게 무두르를 떠올렸다. 그의 잘란은 아무리 많이 잡아야 이천 명이 채 되지 않았다. 그런데 무려 팔만 명이라니. 그건 일개 부족을 벗어나 하나의 소국(小國)을 형성할 정도의 인원이 아니던가.

"여진의 마음을 돌리려거나 혹은 분열을 획책하려 한다면 무엇보다 올랑합 자쿤 투만을 잡아야 해요. 그의 마음을 바꾸게 하거나 혹은 그를 굴복시킨다면 그 종리군이라는 자의 계책은 물거품이 될 겁니다."

유화부인이 거기까지 말했을 때였다. 대전의 문이 열리고 화평장 사내들이 들어왔다.

담우천이 일행을 대표하여 빙룡왕과 유화부인에게 사과했다.

"늦잠을 잤습니다. 죄송합니다."

빙룡왕이 인자하게 말했다.

"괜찮네. 늦잠을 잔 건 그만큼 내 집처럼 편안하다는 의미가 아니겠는가? 앞으로도 내 집이라 여기고 편히들

지내게나."

 강만리는 빙룡왕을 힐끗거리며 내심 한숨을 쉬었다.

 '정말 나만 미워하는 것 같다니까.'

 당연히 기분이 좋을 리가 없었다. 한 번 정도는 복수하고 싶다는 생각이 스멀스멀 피어올랐다.

 담우천과 장예추, 설벽린과 만해거사까지, 늦게 대전을 찾은 사람들이 모두 자리에 앉았다. 강만리는 그들에게 지금까지 나눴던 대화를 간략하게 설명했다.

 설벽린이 생각보다 간단하다는 얼굴로 말했다.

 "그럼 그 우량캐인가 오랑캐인가 하는 이들의 대추장 목을 베면 그대로 끝나는 게 아닙니까?"

 강만리는 인상을 찌푸렸다.

 "말도 안 되는 소리. 만약 그런 일이 벌어진다면 모든 여진족이 들고일어나 복수를 결의하고 대륙으로 침공해 들어올 것이다. 어쩌면 그것이야말로 종리군이 바라는 바일 것이고, 또 어쩌면 종리군이 한 번 정도는 획책하려 떠올렸던 생각일 게다."

 유화부인이 동의했다.

 "여진은 죽을지언정 굴복하거나 무릎을 꿇지 않아요. 특히 협박이나 위협을 당하면 목숨을 걸고 싸우려 들죠."

 설벽린은 머쓱한 표정을 지었다.

 "결국 회유밖에 없다는 결론이군요."

"그렇지."

"그럼 어떤 방법으로 그들을 회유할 생각이십니까?"

장예추의 말에 강만리는 어깨를 으쓱거렸다.

"그야 지금부터 천천히 생각해 봐야지. 너무 급하게 서두를 일은 아니니까. 어쨌든 한동안은 이곳이 우리 화평장이다 생각하고 푹 쉬면서 체력과 기력을 회복하는 게 우선이니까."

강만리는 그렇게 말하며 힐끗 빙룡왕을 바라보았다. 빙룡왕은 그저 미소만 머금고 있을 뿐 표정의 변화는 보이지 않았다. 강만리는 다시 말을 이었다.

"그리고 화평장이다 생각하고 다시 다 뜯어고쳐야 하니까. 망루를 세우고 해자도 파고 기관진식도 새로 만들고……."

"자, 잠깐만."

그제야 빙룡왕의 표정이 달라졌다.

"망루와 해자라니, 도대체 뭘 할 생각이지?"

"당연하지 않겠습니까, 장인어른?"

강만리는 오래간만에 승리의 기쁨을 느끼며 말했다.

"제집처럼 안전하고 편안하게 쉴 수 있도록 처음부터 끝까지 제집처럼 고쳐 볼 생각입니다. 물론 그래도 괜찮으리라 생각합니다만."

빙룡왕은 입을 뻐끔거리다가 다물었다.

그때 문득 담우천이 강만리 들으라는 듯 헛기침을 하

자, 강만리가 "아!" 하며 입을 열었다.

"그리고 북해빙정(北海氷晶)도 사용하고 싶습니다. 형제 중에서 내상을 치료하고 내공을 회복해야 할 사람이 있거든요."

빙룡왕은 가볍게 눈살을 찌푸렸다.

"어찌 자네는 이곳에 올 때마다 꼭 그런 친구 하나씩 데리고 오는지 모르겠군그래."

강만리는 저도 모르게 쓴웃음을 흘렸다. 생각해 보니 처음 이곳을 방문했을 때도 잃어버린 내공을 되찾기 위해서 화군악이 북해빙정을 사용한 적이 있었던 것이었다.

"뭐, 상관은 없다. 북해빙정이라는 게 사용한다고 해서 닳는 것도 아니니까."

빙룡왕은 미소를 지은 채 강만리를 향해 말했다.

"북해빙정이든 뭐든 내 집 물건이다, 생각하고 마음대로 사용해도 좋네. 부수건 개조하건 보수하건 다 내 집 다루듯 마음대로 해도 되네. 안 그런가, 사위?"

강만리는 저도 모르게 등골이 오싹해졌다. 빙룡왕의 미소가 그냥 평범한 미소처럼 느껴지지 않았던 것이다. 살기(殺氣)를 담은 미소. 칼을 숨긴 미소.

그랬다. 지금 빙룡왕이 강만리에게 보여 주는 미소는 소리장도(笑裏藏刀), 바로 그 자체였다.

강만리는 고개를 숙이며 정중하게 말했다.

"그렇게 흔쾌히 허락해 주셔서 감사합니다. 장인어른의 허락이 떨어졌으니, 빙궁의 모든 걸 제집 물건처럼 편하게 사용하겠습니다."

빙룡왕의 미소가 더욱더 짙어졌다.

5장.
무림공적(武林公敵)

하지만 무림오적이 어떤 자들인지 혹은 다섯 명을 가리키는 말인지,
아니면 하나의 거대한 조직인지도 전혀 알 수 없는 상황에서
무작정 공적으로 규정하는 건
권력의 남용이자 횡포라고 지적하는 원로의 수가 적지 않았다.

무림공적(武林公敵)

1. 백팔원로회(百八元老會)

 사실 얼마 전까지만 하더라도 무림오적이라는 이들에 대해서 다들 반신반의하고 있었다.
 그들이 실존하는지부터 시작해서 다섯 명으로 구성된 자들인지, 아니면 거대한 단체의 조직명인지까지 모든 게 의심스러웠고 불분명한 사안이었다.
 하기야 천하의 오대가문을 상대로 돌습(突襲)을 감행하고, 또 문주를 살해하는 자들이 있다는 이야기를 어느 누가 제정신으로 받아들일 수 있을까.
 그러나 올해 들면서 상황은 달라졌다.
 태극천맹의 원로인 구천자가 무림오적과 싸우다가 죽었

다. 운룡신창도 목숨을 잃었고, 홍영철검 또한 비명에 죽었다. 심지어 무림십왕 중 한 명인 무정검왕마저 목숨이 위중한 중상을 입었다, 저 무림오적이라는 자들에 의해서.

멸절사태를 비롯, 무림오적과의 싸움에서 살아남은 원로들은 당연히 그들을 무림의 공적(公敵)으로 규정해야 한다고 주장했다.

무림의 공적은 태극천맹의 맹주의 주관하에 열리는 백팔원로회에서 규정할 수 있다. 무림의 공적이 되면 곧 태극천맹에 가입한 수백 개의 문파, 그리고 그 문파들과 연관된 협력 조직에 추살령(追殺令)이 떨어지게 된다.

거기에다가 엄청난 금액의 현상금까지 내걸어서 공적을 추적하게 되니, 한 번 공적으로 규정되면 그야말로 모든 강호인의 적이 되는 셈이었다.

천하의 공적십이마도 한 번 공적으로 규정된 이후 정상적인 활동은 아예 할 엄두를 내지 못한 채, 자신들의 신분과 정체를 숨긴 채 지하에서 지하로 옮겨 다녀야 했다.

지금도 공적십이마에 관한 제보는 하루에도 수백 건씩 태극천맹에 보고되었으며, 그 제보는 태극감찰밀이 직접 맡아서 처리했다.

애당초 태극감찰밀이 세워진 이유가 바로 공적십이마를 뒤쫓기 위함이었고, 또 그래서 감찰밀원들이 태극천맹의 본산을 떠나 천하를 떠도는 이유가 바로 거기에 있었다.

한편 멸절사태를 비롯한 원로 기인들의 주장에도 불구하고 무림오적이 공적으로 규정되지 않은 이유는 크게 두 가지였다.

하나는 애당초 무림오적이 누구인지 정확하게 파악하지 못한 상황에서 함부로 공적이라고 규정할 수 없다는 대다수 원로들의 지적이었다.

공적십이마의 경우 정확하게 열두 명의 전대 노마(老魔)들을 지칭하고 있으며, 그들의 정확한 용모파기(容貌疤記)를 방문(榜文)에 붙여 대륙 전역에 널리 알릴 수가 있었다.

하지만 무림오적이 어떤 자들인지 혹은 다섯 명을 가리키는 말인지, 아니면 하나의 거대한 조직인지도 전혀 알 수 없는 상황에서 무작정 공적으로 규정하는 건 권력의 남용이자 횡포라고 지적하는 원로의 수가 적지 않았다. 심지어 태극천맹의 맹주 또한 그러한 의견을 지지하는 쪽이었다.

다른 하나는 평소 오대가문의 오만함에 질린 원로들의 딴죽이었다.

평소 오대가문은 무소불위의 권력으로 태극천맹은 물론 천하의 운명까지 좌지우지했다. 무림의 각 문파에서 소집된 원로들이 불만을 가지는 건 당연한 일이었다.

물론 그들이 정사대전을 승리로 이끈 공로를 인정하지

않는 이는 없었다. 그러나 오대가문은 이미 오래전 그 공로에 대한 대가를 충분히 챙겼다.

태극천맹 자체를 압도하는 권력은 차치하더라도, 무엇보다 정사대전을 승리로 이끈 후의 논공행상에서 그들은 천하를 아우를만한 무력과 재력까지 모두 차지한 터였다.

반면 그 정사대전에 참가했던 대부분의 정파 무림인, 대소문파에게 떨어진 건 그야말로 떡고물에 불과한 전리품들이었다.

심지어 정사대전 당시 멸문에 가까운 피해를 입은 이들에게는 그 어떤 보상도 없었다. 그러니 그들의 동료, 지인, 인척들에게 있어서 오대가문은 외려 또 다른 악(惡)의 축(軸)이 될 수밖에 없었다.

그런 상황에서 오로지 오대가문만 돌습하고 기습하고 다니는 자들이 있다니, 겉으로는 감히 드러낼 수 없지만 제법 통쾌하고 가슴이 후련해지는 건 인지상정이라 할 수 있는 일이었다.

그 두 가지 이유 때문이었다. 여태껏 무림오적이 공적으로 규정되지 않은 건.

그러나 상황이 바뀌었다.

오대가문의 연합 세력과 함께 무림오적을 추격했던 멸절사태와 다른 원로들이 모두 목숨을 잃었다는 보고에,

원로원의 모든 이들은 제 귀를 의심해야만 했다.

아미파의 장로인 멸절사태는 명숙들이 존경하고 신뢰하는 최고의 명숙 중 한 명이었다.

그녀는 언제나 공명정대했으며 불의를 참지 못하는 의협심을 지녔다. 그녀의 말 한마디에는 황금 천 냥의 무게가 있어서, 모든 분란이나 갈등, 다툼에는 언제나 그녀가 나서서 해결하였다.

그런 그녀의 비보를 접한 원로들은 하나같이 비분강개했다. 오대가문이 속수무책으로 당할 때와는 전혀 다른 모습으로, 멸절사태의 죽음을 애통해하는 한편 무림오적에 대한 적의와 분노를 드러냈다.

아미파 또한 분연히 일어섰다. 멸절사태를 살해한 건 곧 아미파에 대한 도전이라고 규탄하는 동시에 구파일방의 동참을 요구했다.

거기에 멸절사태를 비롯, 다른 동료들을 잃은 원로들 또한 합세하여 무림오적을 무림의 공적으로 규정해야 한다고 주장했다.

기록적으로 무더웠던 여름이 끝나고 가을로 접어들던 무렵 열렸던 백팔원로회는 그렇게 흥분하고 비통해하는 원로들의 규탄과 함성으로 회의 자체가 아예 진행되지 않을 지경이었다.

백팔원로회를 주관하는 맹주, 정문하는 그런 원로들의

모습을 보면서 무심한 가운데 난처한 표정을 감추지 못했다.

사실 이 드넓은 원로원 대청에 모인 사람들 중 무림오적에 관해서 누구보다 가장 많이 알고 있는 자가 바로 정문하였다.

애당초 무림포두 강만리에게 오대가문에 대해서 은밀하게 청부하고, 심지어 심복 중 한 명인 정유를 강만리에게 붙여 준 이가 바로 그였으니까.

애당초 조금 더 깊이 파고들자면 여태껏 무림오적이 공적으로 규정되지 않았던 가장 큰 이유가 바로 거기에 있었다. 맹주 정문하의 보이지 않는 방해 공작, 그것만큼 더 큰 암초가 어디 있겠는가.

'하지만 이제 그것도 끝이로군.'

정문하는 내심 한숨을 쉬며 중얼거렸다.

'뭐, 여기까지 왔으면 역시 어쩔 도리가 없겠지. 그럼 이제 맨 처음의 구상대로 오대가문과 황계의 양패구상으로 이어지게 만드는 일만 남았군.'

정문하는 쉴 새 없이 떠들고 고함치고 울부짖는 노인들을 무심한 눈빛으로 바라보다가 이윽고 천천히 입을 열었다.

"상황을 보아하니 굳이 표결까지 갈 필요가 없을 것 같습니다."

비록 목소리는 잔잔했지만 그의 말은 노기인들의 흥분을 가라앉히고 귀를 기울이게 만드는 데 최적의 내용을 담고 있었다.

이미 죽거나 혹은 강호를 주유하느라 자리를 비운 이들을 제외한 모든 원로가 참석한 가운데, 원로원 대청은 삽시간에 조용해졌다.

정문하는 원로의 얼굴을 일일이 돌아보며 말을 이었다.

"본 맹은 모든 힘을 동원하여 무림오적에 대한 정확한 신상(身上)과 용모파기를 만드는 한편, 그 배후에 있는 조직까지 조사할 것입니다. 아울러 내부적으로는 금일(今日)로 무림오적을 무림의 공적으로 규정하는 대신, 용모파기가 확정되는 순간부터 전 무림에 그 사실을 공표하겠습니다."

그의 계획은 정연했으며 대처는 확실했다.

물론 그의 말에 불만을 토로하는 자가 없지는 않았으나, 이곳 대청에 모인 대다수의 원로는 모두 고개를 끄덕이며 찬성했다. 확실히 정문하의 말대로 굳이 표결까지 갈 이유가 없는 결론이었다.

'어쨌든 내가 할 수 있는 한 최대한 미뤄 두었으니, 그동안만이라도 마음껏 날뛰시게들.'

정문하는 내심 중얼거리며 입을 열었다.

"그럼 다음 안건으로 넘어가 보죠. 혹시 고묘파라고 들어는 보셨는지요?"

그렇게 새로운 안건이 원로회의 화두로 오르고 있었다.

2. 사후약방문(死後藥方文)

건곤가와 금해가 연합군의 패퇴, 그리고 태극천맹이 내부적으로 강만리를 비롯한 무림오적을 공적으로 규정했다는 소식은 빠르게 오대가문으로 전해졌다.

물론 그 소식을 접한 각 가주들의 반응은 저마다 다를 수밖에 없었다.

"흥, 꼴 좋다! 기세 등등한 것을 넘어서 아주 오만방자하기가 이를 데 없더니 아주 잘되었다, 잘되었어!"

건곤가와 금해가의 패퇴 소식을 전해 들은 천왕가의 사양곤은 껄껄 웃음을 터뜨리며 그들을 비웃었다.

"우리가 기습을 당했을 때 원군을 보내 줄 수 없다니 뭐니 하면서 유세를 떨 때만 하더라도 이런 결말은 전혀 생각하지 못했겠지? 바로 그게 놈의 오만함에서 비롯된, 본 가와 무적가, 그리고 철목가가 연합에서 빠진 결과인 게다."

금해가의 요청으로 건곤가에서 개최한 전석회의에서 오대가문 연합군을 결성하겠다는 뜻을 모을 때까지만 하더라도, 그리고 바로 그 자리에서 가주들이 이끌고 온 수하들을 모아서 사백여 연합군을 결성, 유주로 원정을 떠날 때까지만 하더라도 다섯 가주의 사이는 한없이 돈독할 것만 같았다.
  그러나 정체를 알 수 없는 자들이 천왕가를 기습했다는 소식이 전해지면서 상황은 급변했다.
  건곤가에 남아 있던 사양곤은 급보를 전해 듣자마자 곧장 다른 가주들에게 원군을 요청했다.
  하지만 다른 가주들은 난색을 취하며 원군의 파병을 거절했고, 사양곤은 그 치욕과 수치심을 견디지 못하고 자리를 뜨려 했다.
  그때 또 다른 급보, 이번에는 무적가가 급습을 당했다는 비보가 전해졌고, 사양곤은 당황해하는 무적가의 제갈천상과 다른 가주들을 돌아보며 광분에 찬 웃음을 터뜨렸다.
  "그렇군! 천왕가만 당하는 게 아니었어!"
  사양곤은 '두 번 다시 나를 찾지 말라!'라는 고함과 함께 뒤도 돌아보지 않고 자리에서 벗어나 곧장 천왕가로 향했다.
  그렇게 부랴부랴 사양곤이 천왕가에 당도했을 때는 이

미 모든 상황이 정리된 후였다.

 천왕가를 기습했던 자들은 불과 하룻밤 만에, 그러니까 놀라고 당황한 천왕가 측에서 사양곤에게 급보를 날린 직후 기다렸다는 듯이 철수했던 것이다.

 그리고 천왕가에서 다시 건곤가로 급보를 보내 상황이 종료되었다는 보고를 전했을 때는, 이미 사양곤이 건곤가를 떠나 천왕가로 되돌아가던 시점이었다.

 심복은 사양곤의 통쾌한 웃음이 잦아들 즈음, 무림오적이 내부적으로 무림의 공적으로 규정되었다는 소식을 전했다.

"사후약방문(死後藥方文)일 뿐!"

사양곤은 거침없이 소리쳤다.

"애당초 내가 그 전직 포두가 의심스럽다고 주장했던 게 벌써 오륙 년 전의 일이다! 그때 천맹이 제대로 수사하고 오대가문이 힘을 합쳤다면 무림오적이라는 단어는 아예 존재하지도 않았을 게다!"

 사양곤은 사천 성도부의 전직 포두 한 명을 해치우려다가 상당한 수준의 병력을 잃어야만 했다.

 동각(銅閣)은 반 토막이 났고, 은각(銀閣)은 전멸하기까지 했다. 심지어 성도부로 보냈던 밀막(密幕)의 살영(殺影)과 수하들은 그곳에서 행방불명되었다.

 사실 사양곤의 도망쳤던 딸이 자결하지만 않았더라면,

그래서 사양곤이 큰 충격을 받고 한동안 칩거하지만 않았더라면 아마도 그때 천왕가는 모든 병력을 총동원하여 결국에는 그 전직 포두를 해치웠을 것이다.

"후회하느냐?"

한참 동안 격정을 토로하던 사양곤은 천천히 흥분을 가라앉히고는 자신의 심복을 돌아보며 그렇게 물었다.

천왕가의 수석 당주이자 특무 조직인 밀막의 주인인 동시에, 천왕가의 군병(軍兵)이라 할 수 있는 금은동각(金銀銅閣)을 주재하는 막강한 권력을 지닌 자. 가히 천왕가의 이인자라고 불리는 사양곤의 심복 최행(崔幸)은 여전히 무릎을 꿇고 고개를 조아린 채 나지막하게 말했다.

"후회합니다. 그때 금각은 물론 밀막까지 총동원하여 놈을 죽였어야 했습니다."

듣기 좋은 묵직한 저음의 목소리였다. 목소리만으로 여인들의 아랫도리에서 실금을 흘릴 수 있게 만들 정도로 다정하고 부드러운 목소리. 하지만 지금 그 음성에는 더할 나위 없이 강렬한 살기가 담겨 있었다.

사양곤은 그런 최행을 내려다보며 재차 물었다.

"내가 잘못한 거라고 생각하느냐?"

"아닙니다."

최행은 최대한의 존경과 경의를 담은 목소리로 말했다.

"언제나 가주는 옳습니다. 단지 가주를 모시는 속하의 능력이 부족하여 가주를 제대로 보필하지 못할 따름입니다."
"흠, 알면 됐다."
사양곤은 팔짱을 끼며 말했다.
"그럼 이제 어찌해야 한다고 생각하느냐?"
"다시 오대가문이 하나로 뭉쳐야 합니다."
"뭐라? 내가 두 번 다시 그놈들의 얼굴을 보지 않을 거라고 했는데? 아니, 그때의 수치와 모멸감은 어쩌고? 그 분노와 증오가 아직까지 가라앉지도 않았는데 그게 무슨……."
"원래 그런 겁니다."
최행은 침착하게 말했다.
"당파(黨派)가 갈라져서 늘 싸우고 다투는 조정(朝廷)도 외적(外敵)이 쳐들어오면 하나로 뭉치는 법입니다. 그런 상황에서도 쉬지 않고 다툰다면 결국에는 모두 목숨을 잃고 나라는 망하게 됩니다."
"흠, 그럼 내가 먼저 머리를 숙여야 한다? 그들이 화해를 요청하지도 않았는데?"
"가주께서 그리만 하신다면 다른 가주들이 크게 심복(心服)할 겁니다. 설령 다른 가주들의 심성이 악랄하기 그지없어서 가주의 깊은 뜻을 이해하지 못한다고 하더라도, 어쨌든 그들에게 빚을 주고 은혜를 남기는 일이 되니까요. 무림오적을 매조지면 반드시 그 보답을 받을 수 있을 겁니다."

"흐음."

사양곤은 긴 수염을 만지작거렸다.

오륙 년 전까지만 하더라도 관운장을 떠올릴 정도의 탐스러웠던 흑염(黑髥)이 이제는 세월의 무게를 견디지 못하고 새하얗게 변해 있었다.

한동안 백염(白髥)을 만지작거리던 사양곤은 문득 고개를 끄덕이며 입을 열었다.

"그리 진행하라."

최행은 여전히 부복한 채 공손하게 대답했다.

"명을 받습니다, 가주."

* * *

"허어, 설마 했거늘……."

철목가의 가주 대리 곽부의는 믿어지지 않는다는 표정을 지으며 뒤로 물러나 앉았다. 그녀의 노구(老軀)가 태사의 깊숙하게 파묻혔다.

"내가 굳이 되돌아온 건 건곤가와 금해가만으로도 충분히 그들을 상대할 거라고 믿었기 때문이었네. 그런데 몰살에 가까운 괴멸을 당하다니……. 그 무림오적이라는 이들이 그 정도로 강하단 말인가?"

'당연하지 않습니까? 다름 아닌 본 가의 가주를 살해한

작자들입니다!'

총관 항조군은 하마터면 그렇게 소리칠 뻔했다.

"그래도 만시지탄(晚時之歎)의 감이 없지는 않지만 이제라도 놈들을 무림의 공적으로 규정한다니, 정말 다행스러운 일이구나."

항조군은 고개를 숙인 채 내심 중얼거렸다.

'아무래도 대부인으로 이 위기를 헤쳐 나가는 건 힘들 것 같다. 더욱더 현명하고 냉정하고 결단력이 있으며 실천력이 있는 사람이 필요하다.'

동시에 항조군의 뇌리에 한 사람이 떠올랐다. 하지만 그는 고개를 흔들었다. 아무리 철목가의 총관이라 할지라도 그건 확실히 선을 넘는 생각이었다.

항조군은 힐끗 곽부인의 눈치를 살피며 조심스레 입을 열었다.

"아무래도 용유문(龍游門)을 움직여야 할 때가 된 것 같습니다."

"용유문?"

"네. 그들이 전면에 나선다면 본 가의 큰 힘이 될 수 있습니다."

용유문은 정사대전의 논공행상을 통해 철목가가 쟁취한 보상이었다. 태극천맹 내에 맹주가 아닌 철목가주의 지시에 따르는 독자적인 조직을 결성하여 비밀리에 운용하였으니 바로 그 조직이 용유문이었다.

곽부의는 눈살을 찌푸렸다.

"안 되네. 그들은 어둠 속에서 움직이고 살아가야 비로소 제 역할을 하는 자들, 결코 전면에 나서면 안 되네."

"하오나……."

"아니, 그보다 이미 본 가를 떠나 은거한 장로들과 노숙(老宿)을 모두 부르게. 또한 최대한 빠르게 총회를 개최하여 나를 가주로 앉히게. 필요하다면 피를 보는 한이 있더라도 말일세."

피를 보겠다는 건 결국 정극신의 둘째 부인과 셋째 부인, 그리고 그들이 낳은 아들들을 죽여서라도 반드시 가주가 되겠다는 뜻이리라.

'역시…….'

항조군은 내심 한숨을 쉬었다.

'다른 사람이 필요하다. 새로운 가주가 되어 제대로 본가를 영도(領導)할 수 있는 인물이…….'

다시 한번 그 잘생긴 얼굴이 항조군의 뇌리에 떠오르는 순간이었다.

* * *

"그럴 거라고 생각했다."

제갈천상은 담담한 어조로 중얼거렸다.

건곤가와 금해가의 연합군이 괴멸당했다는 소식은 사실 그에게 충격적으로 다가오지 못했다.

어쨌든 무림오적은 무적가의 가주를 살해하고, 또 수백 명의 고수를 몰살시킨 자들이었다. 그런 만큼 건곤가와 금해가의 패퇴는 충분히 예측할 수 있는 일이었다.

"역시 그때 삼대가문의 병력을 회군한 게 컸다."

천왕가에 이어 무적가에서도 벌어진 기습은 확실히 절묘했다. 그게 아니었더라면 결코 오대가문의 연합이 해체되지 않았을 테니까.

부랴부랴 무적가로 돌아온 후에야, 생각보다 큰 피해를 입지 않은 걸 확인하고 나서야 제갈천상은 비로소 저들의 의도를 알 수 있었으며 또한 자신들의 대처가 얼마나 멍청했는지도 깨달을 수가 있었다.

그러나 때는 늦었다. 오대가문은 이제 더는 봉합할 수 없는 지경에 이르렀다. 특히 당시 사양곤이 느꼈을 배신감, 수치, 모멸감은 심지어 제갈천상조차 부끄러울 정도였으니까. 평소 사양곤의 성격을 생각한다면 두 번 다시 오대가문의 가주가 한자리에 모이는 일은 없을 게 분명했다.

"어쨌든 최대한 내실을 기할 때다. 온 천하에 새로운 무림의 공적에 대한 척살령이 떨어질 때까지는 우리는 그저 발톱을 숨긴 호랑이처럼 때를 기다리면 되는 게다."

한 번 무림을 떠나 은거했던 그였다. 다시 가문으로 돌아와 가주의 대리를 맡아 진행했던 대부분의 일이 실패로, 패배로, 무위로 돌아간 이후 그는 더없이 신중해졌다.

가문에서 그를 두고 '소심한 겁쟁이'라고 흉보는 이들이 나타날 정도로, 천하의 제갈천상은 그렇게 무기력해 보일 정도로 은인자중(隱忍自重)하고자 했다.

사실 오대가문의 연합을 깨뜨리고 병력을 회군시킨 세 가주는 그마나 상황이 나은 편이었다.

건곤가, 그리고 금해가의 두 가주는 그들 세 가주보다 몇 배는 더한 충격과 고통, 분노를 느끼고 있었다. 특히 금해가의 가주 초일방의 충격은 더더욱 클 수밖에 없었다.

3. 두 가지 지시

"어떻게 이런 일이……."
전멸(全滅).

단 한 사람도 남김없이 몰살당했다는 소식에 금해가의 가주 초일방은 두 손으로 이마를 짚고 고개를 떨궈야만 했다.

멸절사태를 비롯한 태극천맹의 원로들, 고목대사를 비롯한 금해가의 숙객과 모든 무사가 목숨을 잃었다는 게다.
　살아남은 자는 건곤가의 욕수군을 포함한 수십 명뿐, 유주에 있던 축융군의 무리까지 합쳐서 무려 삼백여 무리 중 겨우 십 분의 일만 살아남았다는 보고였다.
　"보고에 따르자면 멸절사태께서는 총수의 자리를 고목대사에게 넘기고 홀로 무림오적과 싸우다가 목숨을 잃었다고 합니다. 그리고 고목대사께서는 퇴각하는 아군의 뒤에 남아서 끝까지 분전하다가 전사했다고 합니다. 그야말로 영웅의 기개와 진모를 보여 주셨다고 합니다."
　"영웅의 기개는 무슨 개뿔의 기개!"
　초일방이 버럭 소리쳤다. 떨리는 목소리로 보고하던 총관은 자라목이 되었다. 초일방은 머리를 감싸 쥔 채 격하게 소리쳤다.
　"본 가의 인물들이 모두 죽은 마당이다! 살아남은 건곤가 놈들이 어떤 식으로 거짓 보고를 올린다 한들 어찌 우리가 알 수 있겠느냐? 멸절사태가 무림오적과 싸우다가 죽었는지, 아니면 강시를 발견한 까닭에 목숨을 잃게 되었는지 어찌 알 수 있단 말이냐? 그 광경을 목도한 고목대사를 함구(緘口)시키기 뒤에서 칼을 찔렀는지 누가 알 수 있단 말이냐?"

당황하고 놀라고 두려운 경황 속에서도 뭔가 잘못 들은 듯한 기분에 총관은 저도 모르게 고개를 들며 입을 열었다.
　"방금 강시라 하셨습니까?"
　"그래, 강시!"
　"설마 무림오적이 강시까지 제조한 겁니까?"
　"그게 아니라……."
　아무렇게나 말하던 초일방은 게서 황급히 입을 다물었다. 얼음물이라도 맞은 것처럼 정신이 번쩍 들었다.
　강시는 함부로 입에 올릴 단어가 아니었다. 만약 건곤가가 강시를 제조했다는 사실이, 그리고 금해가가 그 사실을 알면서도 건곤가와 손을 잡았다는 사실이 세상에 알려지기라도 한다면…… 그때는 무림오적이 아니라 바로 자신들이 천하의 공적으로 전락하게 될 터였다.
　"내가 말하지 않았느냐? 설마, 라고 말이다."
　초일방은 냉랭하게 말했다.
　"아, 네."
　총관은 여전히 이해가 가지 않는다는 얼굴이었지만 순순히 고개를 숙이며 대답했다.
　'죽여야 하나?'
　초일방은 총관의 정수리를 노려보다가 길게 한숨을 쉬며 입을 열었다.

"강시가 중요한 게 아니다. 내가 말하고자 하는 바는 금해가 사람이 모두 죽은 마당에 그 패배의 원인을 우리에게 뒤집어씌운다면, 그걸 어찌 알 수 있느냐는 게다."

"하지만…… 보고서에는 고목대사의 위엄만이 적혀 있는데요?"

"그 보고서를 믿지 말라는 게다!"

초일방이 버럭 소리치자 총관은 황급히 머리를 조아렸다. 초일방이 씩씩거리며 말했다.

"천 가주라면 당연히 이리 말할 것이다. '내, 금해가의 체면을 생각해서 보고서에는 사실을 적시하지 않았소. 실은…….' 이러면서 이 모든 패배의 원인이 금해가에 있었다고 할 게다. 더불어 금해가가 빚을 졌으니 어떻게든 갚으라고 압박을 해 올 것이다."

'설마…….'

총관은 건곤가주가 그렇게까지 할 리가 있나, 하고 내심 고개를 갸웃거렸다.

초일방은 길게 한숨을 내쉬며 고개를 설레설레 흔들었다.

"아아, 아무래도 너무 깊게 관여한 모양이다."

총관은 계속해서 의아한 표정을 지었다.

'그건 또 무슨 말씀이십니까?'

이번 사태는 애당초 금해가로 인해서 발생한 일이었

다. 그러니 금해가의 일에 건곤가나 다른 가문들이 관여한 셈이 되는 게지, 금해가에서 관여 운운할 일이 전혀 아니었다.

총관은 궁금하고 의아해서 무슨 뜻인지 묻고 싶었지만 차마 입이 떨어지지 않았다.

그때 초일방의 축객령이 떨어졌다.

"됐다. 보고가 끝났으면 나가 봐라."

총관은 우물쭈물하며 입을 열었다.

"아직 보고할 게 하나 더 남아 있습니다."

"뭔가?"

"천맹에서 무림오적을 공적으로 규정, 곧 천하에 그 사실을 널리 알리겠다고 합니다."

"흥!"

초일방은 코웃음을 쳤다.

"엎질러진 물이다. 이미 북해로 사라진 놈들을 상대로 공적 운운해 봤자 무슨…… 아니다, 됐다. 나가 보라."

"네, 가주."

총관은 종종걸음으로 대청을 빠져나갔다.

홀로 남게 된 초일방은 말 그대로 땅이 꺼져라 깊은 한숨을 내쉬었다.

역시 너무 깊게 관여한 것이다.

천예무가 강시 운운했을 때 바로 자리를 박차고 나왔어

야 했다. 복수심에, 무림오적에 대한 증오와 분노 때문에 잠시 이성을 잃고 감정에 휩싸였던 게 실수였다.

사실 유주로 보낸 강시 염마는 일반 평범한 전투 강시가 아니었다. 과거 마교에서 제조했다고 알려진 전설의 음양마라강시였다.

그 염마를 실물로 직접 본 순간, 초일방은 가슴이 턱 막히고 심장이 멈추는 듯한 충격과 공포를 맛보았다. 사람이라면, 뼈와 살과 근육으로 이뤄진 사람이라면 그 어떤 고수라 할지라도 저 괴물을 이길 수 없겠다는 생각이 들었다.

그래서였다.

애당초 자리를 박차고 뛰어나왔어야 하는 그 순간, 외려 초일방은 그 저주와도 같은 금단의 영역 깊숙하게 발을 내디뎠다.

또 그로 인해서 초일방은 천예무의 믿을 수 없을 정도로 오만하고 황당한 요구 조건을 감시 거부할 수 없게 되었으며, 지금 이런 심적 고통 속에서 몸부림치는 것이었다.

"빌어먹을 천예무."

초일방을 이를 갈았다.

초일방은 건곤가에서 굳이 고목대사를 칭송하는 듯한 문서를 보낸 이유를 누구보다도 잘 알고 있었다.

그 문서는 위협과 협박의 또 다른 일면이었다. 같은 배를 타고 있는 처지이니, 행여라도 강시에 관한 이야기는 절대 언급하지 말라는 경고였으며, 더불어 우리가 이렇게까지 예우를 갖추고 있으니 최대한 빨리 초일방의 손녀를 천예무의 후처(後妻)로 보내라는 무언의 압박이었다.

 초일방은 자신의 장중보옥(掌中寶玉)인 초운혜가 그 늙은 괴물의 품에 안겨 있는 모습을 떠올릴 때마다 정신이 무너져 내리는 듯한 고통과 번민을 느꼈다.

 그래서였다. 금해가로 돌아온 이후 초운혜를 멀리하는 건. 또 그래서였다. 밤마다 고뇌와 번민과 갈등에 휩싸여 잠을 이루지 못하는 건.

 "어떻게든 뒤로 미뤄야 하는데……."

 지금 상황에서 감히 천예무의 제안을 거절할 엄두는 나지 않았다. 그렇다면 뭔가 획기적인 전기(轉機)가 있을 때까지, 최대한 초운혜와의 혼담을 뒤로 미뤄 둬야 했다.

 그렇다고 마냥 미적거릴 수는 없었다.

 천예무는 감히 천궁의 항아를 잡아먹으려는 늙은 두꺼비지만, 그렇다고 마냥 음심(淫心)에 눈이 뒤집힌 괴물은 또 아니었다. 초일방이 머뭇거리고 미적거리는 걸 눈치채기라도 한다면, 그때는 어떤 방법으로 자신과 금해가를 옥죄어 올지 아무도 몰랐다.

 그러니 최대한 성의는 보여야 했다. 천예무와의 혼담이

진행 중이라는 시늉이라도 해야 했다.

결국 파혼(破婚)뿐이었다.

신흥 세력인 형문파 소문주, 형문제일검 장백두와의 혼약을 깨는 것으로, 천예무에게 그와의 혼담을 진행하고 있다는 표시를 할 수밖에 없었다.

'하지만 일방적으로 혼약을 파기하는 건…… 아무리 본가라 할지라도 상당한 부담이다.'

당연한 일이었다. 파혼이라는 건 당사자뿐만 아니라 그의 가족, 문파 전체의 자존심과 체면을 송두리째 박살 내는 일이었으니까.

장백두와의 파혼은 곧 형문파의와 절연(絕緣)을 의미했고, 더 나아가 척을 지고 심지어 원수지간이 되는 것을 뜻했다.

아무리 오대가문 중 하나인 금해가라 할지라도 형문파는 결코 무시할 수 없는 문파였다. 애당초 형문파와 사돈 관계가 되려 했던 건 그만큼 형문파의 위세가 욱일승천(旭日昇天)했기 때문이 아니었던가.

머리를 질끈 싸맨 채 한참을 고민하던 초일방은 뭔가 계책을 떠올린 듯 힘없는 목소리로 총관을 불렀다.

이미 잠자리에 들었던 총관은 시위(侍衛)들의 연락을 받고 서둘러 달려왔다.

초일방은 그의 옷깃이 제대로 여며 있지 않은 걸 보고

는 눈살을 찌푸리며 입을 열었다.

"형문파가 갑자기 위세를 떨치게 된 배경을 조사하라."

아닌 밤중에 홍두깨였다.

"네?"

총관은 눈을 휘둥그레 뜨며 말했다.

"그, 그건…… 이미 오래전에 모든 조사가 끝났습니다만."

하기야 눈에 넣어도 아프지 않을 손녀의 배필을 구하는 일이었다. 당연히 형문파와 장문인, 그리고 장백두에게 혹시 있을지 모를 문제점을 조사했고, 또 별다른 문제가 없음을 확인했기에 정혼을 한 게 아니던가.

그런데 느닷없이, 이미 자정이 넘은 이 시각에 느닷없이 호출하여 다시 조사를 시작하라니. 도대체 뭘 생각하고 있는 걸까.

초일방은 눈살을 찌푸린 채 말을 이었다.

"다시 처음부터, 샅샅이, 문제점과 단점, 약점이 될 만한 모든 것들을 찾아내라는 게다."

"아니, 왜 갑자기 그건……."

초일방은 한숨을 내쉬며 말했다.

"파혼하려면 그만한 빌미가 있어야 하니까."

"네?"

총관의 눈이 휘둥그레졌다.

"파, 파혼이라니요? 설마 아가씨와 장 소협의 정혼을

파혼하시겠다는 말씀이십니까?"

"그렇다."

너무나 당황하고 놀란 나머지 총관은 입을 떡 벌린 채 아무 말도 하지 못했다.

"그리고……."

초일방은 다시 한숨을 쉬며 말을 이었다.

"군림십왕의 행적을 수소문하여 본 가로 초빙하도록 하라."

"네?"

총관은 초일방이 파혼 운운할 때보다 훨씬 더 놀란 표정을 지었다.

초일방이 눈을 가늘게 뜨며 총관을 바라보았다. 왠지 살기까지 느껴지는 눈빛이었다.

"왜? 힘들겠느냐?"

"네? 아, 아닙니다."

잠시 넋이 나간 얼굴로 서 있던 총관은 황급히 정신을 차리며 빠르게 입을 놀렸다.

"평소 군림십왕의 행적이 신비롭기 이를 데 없어서 쉽게 찾을 수는 없겠지만, 그래도 반드시 찾아서 본 가로 초청하겠습니다."

"석 달이네."

초일방은 낮은 목소리로 말했다.

"무조건 석 달 안에 끝내게. 만약 그때까지 내가 지시한 두 가지 사안을 완수하지 못하면……."

초일방은 말꼬리를 흐렸다. 총관은 저도 모르게 뒷덜미가 서늘해지는 걸 느끼며 허둥지둥 고개를 조아렸다.

"속하의 목숨을 걸겠습니다."

처음으로, 총관으로부터 보고를 들은 이후 처음으로 초일방의 입가에 미소가 스며들었다. 평생 자신을 보필해 온 총관답게 눈치 하나는 확실히 빨랐다. 이런 심복을 함부로 죽일 수는 없는 노릇이었다.

초일방은 조금 더 부드러워진 목소리로 말했다.

"본 가의 모든 힘을 동원하게. 자금과 권력, 그리고 무력과 인맥까지 총동원하게."

총관은 더욱더 깊게 허리를 숙이며 대답했다.

"반드시 석 달 안에 해결하겠습니다."

6장.
화군악의 행보(行步)

"하기야 세상일이라는 게 어찌 흘러갈지 누가 알겠어요?
오늘의 적이 내일의 아군이 될 수도 있고,
반대로 오늘의 벗이 내일의 적이 될지도 모르잖아요?"

화군악의 행보(行步)

1. 화운각(華雲閣)

　한여름에 북경부를 떠났다. 언제 다시 돌아올지 모를 기약이었으나 의외로 생각보다 빠르게 돌아올 수 있었다.
　화군악이 다시 북경부로 돌아온 건 불과 몇 개월 지나지 않은, 겨울이 초입에 들어선 어느 날이었다.
　"이야, 이제야 좀 사람 사는 곳 같군."
　북경부로 들어선 화군악은 두툼한 솜옷과 비단옷을 챙겨입고 종종걸음을 하는 행인들을 바라보며 중얼거렸다.
　역시 사람은 사람과 함께 살아야 했다. 유주처럼, 북해처럼 황량하고 광활한 곳에서는 살아갈 수가 없었다. 적어도 화군악은 그랬다.

"빙궁이 좋다고는 하지만 그래도 역시 성시(城市)에서 살아야지. 어서 빨리 그날이 와야 할 텐데 말이야."

화군악은 수많은 행인 사이로 발길을 옮겼다. 어깨를 치고 가는 사람도, 하마터면 발을 밟을 뻔한 사람도 있었지만 화군악은 그 모든 것들이 그저 반갑고 기쁘기만 했다.

화군악은 그렇게 오래간만에 수많은 사람 구경을 하면서 천천히 길을 걸었다.

이윽고 목적지에 당도한 그는 잠시 그 자리에 서서 주위를 둘러보았다. 자신의 뒤를 쫓는 자들의 기척은 느껴지지 않았으며, 누군가 자신을 주시하고 있다는 느낌도 들지 않았다.

그는 곧바로 발길을 옮겨서 화운각(華雲閣)이라는 현판이 내걸린 고급 객잔으로 들어섰다. 그가 문을 열자마자 점소이가 반겨 맞았다.

"어서 오십쇼! 안쪽으로 모시겠습니다."

화군악은 문득 행복한 표정을 지었다.

'그래, 바로 이거지! 객잔이라는 게 이 맛이 있어야지!'

언제나 무뚝뚝하고 퉁명한 주인장의 반말이 이어지던 유랑객잔은 객잔도 아니었다.

물론 음식 솜씨야 뛰어나지만 찾아보면 각 성시에서 한두 군데 정도는 그 정도로 맛있는 요리를 만들어 냈다. 그러니 유랑객잔이 특별할 까닭이 전혀 없었다. 괜히 더

럽고 지저분하기만 할 뿐이었다.

화군악은 거드름을 피우며 말했다.

"이 층으로 안내하게."

점소이는 문득 움찔거렸다가 이내 "헤헤." 웃으며 말했다.

"아래층에도 좋은 자리가 많습니다만……."

"이 층으로 안내하게."

"아, 네. 그리 모십죠."

점소이는 싹싹한 표정을 지으며 화군악을 이 층으로 안내했다. 화군악은 더욱 기분이 좋아졌다.

'이 정도는 되어야지, 객잔이라는 게 말이야. 손님이 까다롭고 귀찮게 하더라도 이렇게 언제나 웃는 낯으로, 순순히 그 요구를 들어줄 줄 알아야 제대로 된 객잔이라고 할 수 있는데 말이지. 그놈의 유랑객잔은…….'

외려 유랑객잔에서는 손님이 을(乙)이고 주인장이 갑(甲)이었다. 주인장의 마음에 들지 않으면 그 어떤 손님이라 할지라도 내쫓기는 곳이 유랑객잔이었다.

아니, 주인장의 그 솥뚜껑 같은 주먹에 얻어터지지 않는 걸 행운이라 여겨야 했다.

"창가로 모시겠습니다. 이리로."

화군악은 점소이의 안내를 받아 창가 쪽 탁자에 앉았다. 점심때가 꽤 지나서인지 이 층은 손님을 찾아볼 수가 없었다.

자리에 앉은 화군악은 주문을 기다리는 점소이를 향해 불쑥 입을 열었다.

"염 지배인을 만나고 싶은데."

일순 점소이는 가볍게 눈살을 찌푸렸다가 이내 활짝 웃는 낯으로 말했다.

"무슨 일인지 제게 말씀해 주셔도 됩니다."

"아니, 염 지배인에게만 할 말이 있거든."

"죄송합니다만 지배인께서는 평소 낯을 꺼리는 성격으로 인해 낯선 손님을 뵙지 않습니다."

"하하하! 괜찮아. 나는 낯선 손님이 아니니까."

점소이는 다시 한번 화군악의 아래위를 훑어보았다. 아니, 확실히 낯선 손님이었다. 적어도 점소이의 기억으로는 단 한번도 이곳 화운각을 방문한 적이 없는 자였다. 그리고 점소이의 기억력은 매우 정확했다.

"죄송합니다만 이곳에 들르신 적이 있으신지요?"

"아니, 오늘이 처음이야."

"그런데 어찌 우리 지배인을 아실까요?"

은근슬쩍, 점소이의 목소리가 딱딱해지고 힘이 실렸다. 화군악은 유쾌한 표정으로 말했다.

"오래전부터 알고 지내던 아저씨야."

"죄송합니다만 지배인께 손님 같은 조카는 없는 걸로 알고 있는데요."

"아, 아저씨라고 해서 오해한 모양이로군. 어쨌든 불러 와. 화군악이라면 맨발로 달려올 테니까."

"아니, 화군악이라는 사람이…… 네? 방금 화군악이라 하셨습니까?"

점소이는 깜짝 놀란 얼굴로 화군악의 면면을 확인하며 물었다. 화군악은 어깨를 으쓱거리며 웃었다.

"내 악명(惡名)이 예까지 소문났나 보네."

점소이는 당황한 듯 머뭇거리다가 황급히 고개를 숙이며 말했다.

"잠시만 기다리세요. 바로 모셔 오겠습니다."

점소이는 서둘러 계단을 따라 아래층으로 내려갔다. 우당탕 소리가 이는가 싶더니 갑자기 아래층이 부산스러워졌다. 이런저런 웅성거림도 들리고, 어쩔 줄 몰라 허둥대는 발걸음 소리도 들려왔다.

화군악은 그 소란을 즐기듯 가볍게 미소를 지은 채 창밖으로 시선을 돌렸다. 그렇게 이 층 창가에 가만히 앉아서 오가는 행인을 지켜보는 것도 꽤 나쁘지 않은 소일거리였다.

이윽고 누군가 허둥지둥 계단을 뛰어오르는 이가 있었다. 화군악은 고개를 돌려 그를 확인하고는 활짝 웃으며 말했다.

"오랜만입니다, 염 아저씨."

계단을 따라 이 층에 오른 이는 뚱뚱한 중년 사내였는데, 이 매서운 날씨에도 얼굴과 목덜미는 땀에 흠뻑 젖어 있었다. 그는 서둘러 다가와 화군악에게 손을 모으며 물었다.
"아니, 화 소협께서는 어쩐 일이십니까, 이곳에?"
 당연히 유주 혹은 북해에 있어야 하지 않느냐는 질문이 숨어 있는 물음이었다.
 화군악은 미소를 지으며 되물었다.
"왜요? 못 올 곳을 온 건가요?"
"아뇨, 그런 뜻이 아니라……."
"십삼매에게는 이야기 들었죠? 오대가문을 무너뜨릴 때까지는 우리의 편의를 봐주라고 말이에요."
"물론입니다. 모든 편의를 봐 드려야죠. 그런데 어떻게……."
 뚱보 사내, 이곳 화운각의 지배인이자 황계의 북경부 지부주인 염근초는 여전히 화군악이 북해가 아닌 이곳에 있는 이유가 궁금한 모양이었다.
 화군악이 말했다.
"북해가 사람 살 데가 못 되더라고요. 그래서 바람 좀 쐴 겸 나왔죠."
"아아…… 잘, 잘하셨습니다. 역시 사람은 사람들과 부대끼며 살아가야 하는 법이죠."
"맞아요. 안 그래도 딱 그런 생각을 했는데. 그나저나 배가 고픈데요. 뭐 먹을 것 좀 주세요. 화운각에서 가장 자신 있는 요리들로 말이에요."

"아, 알겠습니다."

염근초는 허둥대면서 점소이를 불러 지시를 내렸다. 그러고는 오랫동안 서 있느라 허리가 아팠는지 은근슬쩍 화군악의 맞은편 자리에 앉으며 입을 열었다.

"다른 분들 모두 평안하시죠?"

"네. 황계 덕분에 평안하게 잘 지내고 있습니다."

"그럼 벌써 북해빙궁에 도착하신 겁니까?"

"아마도 그렇지 않을까요?"

화군악의 말에 염근초의 눈빛 깊숙한 곳에서 희미한 빛이 일렁거렸다.

'중간에서 강 포두들과 헤어진 모양이로군. 그렇다면 강 포두로부터 뭔가 지시를 받은 게 분명하겠고……. 으음, 역시 그것 때문이겠지?'

강만리라면, 황계와 십삼매가 인정하는 그라면 역시 십삼매와 비슷한 생각을 하고 계획을 꾸밀 테니까.

염근초는 지나가는 말처럼 입을 열었다.

"벽력당이나 축융문의 정보라면 아쉽게도 우리에게 그리 많지 않습니다."

"뭐 황계가 모든 정보를 다 가지고 있는 것도 아니니까…… 음? 그걸 어찌 알았대요? 내가 그들을 찾고 있다는 걸?"

역시.

"십삼매께서 말씀하시기를 앞으로 강시를 상대하려면 반드시 그들의 힘이 필요하다고 하셨거든요. 그리고 강포두라면 당신과 같은 생각을 할 거라고도 하셨습니다."

염근초의 말에 화군악은 하마터면 고개를 끄덕일 뻔했다.

역시.

강만리의 추측이 맞았다.

강만리는 십삼매라면 능히 그런 생각을 떠올릴 것이고 또 황계의 힘으로 벽력당과 축융문을 찾아낼 것이라고 말했다.

그리고 십삼매가 찾기 전에 먼저 그들을 찾아내서 우리 편으로 만들면, 그게 오대가문뿐만 아니라 훗날 황계를 상대할 수 있는 또 하나의 전력이 될 거라며 거듭 주의를 당부했다.

―최대한 빨리 움직여서 황계보다 십삼매보다 먼저 그들을 찾아야 해. 그리고 행여 황계와 접촉하는 일이 없도록 하고. 알겠지?

하지만 화군악은 느릿하게 움직였다. 굳이 유랑객잔에서 닷새나 허비할 필요가 없었지만, 화군악은 전혀 신경 쓰지 않았다.

그리고 지금 황계의 북경부 지부인 이 화운각에 스스로 발을 디뎠다. 또 거침없이 염근초를 불러 그와 마주 앉은 채 대화를 나누는 중이었다.

즉, 지금 화군악의 행보(行步)는 강만리의 당부와는 전혀 결이 다른 움직임이었다.

염근초가 당황해하고 놀란 것도 실은 바로 그런 이유에서였다. 십삼매의 말에 따르면 강만리들은 황계 모르게, 비밀리에 움직이며 벽력당과 축융문의 행적을 찾을 거라고 했으니까.

그런데 이렇게 느닷없이, 당당하게 북경부 지부주인 자신 앞에 화군악이 모습을 드러냈으니까.

2. 귀신

"흠, 그럼 벽력당이나 축융문을 찾게 된다면 그때 내게 말해 줄 수 있을까요?"

화군악은 단도직입적으로 물었다. 염근초는 다시 한번 당황한 표정을 지었다.

'음? 십삼매 말과는 조금 다른데?'

염근초는 보름여 전, 견원지간까지는 아니더라도 이제는 서로 지향하는 궤가 달라졌고, 가는 길이 어긋난 거라고 말했을 때의 십삼매의 그 허한 표정을 아직도 잊을 수가 없었다.

하지만 정작 직접 만난 화군악은 예전과 전혀 달라진 바가 없었다. 여전히 그는 유쾌하고 쾌활했으며 또 황계를 자기 집처럼 편안하게 여겼다.

가는 길이 어긋나거나 지향하는 궤가 달라진 거라고는 조금도 생각할 수가 없었다.

염근초는 잠시 머뭇거리다가 조심스레 입을 열었다.

"혹시 화 소협은 강 포두와 생각이……."

그때였다. 두 명의 점소이가 커다란 쟁반을 들고 이 층으로 올라왔다. 십여 가지가 넘는 요리들이 가득 담겨 있는 쟁반이었다.

염근초는 얼른 입을 다물었다. 점소이들은 탁자 위에 가져온 요리들을 늘어놓은 다음 화군악을 향해 정중하게 허리를 숙이며 말했다.

"차린 건 없지만 많이 드십시오."

화군악은 고맙다는 인사를 하는 둥 마는 둥 정신없이 식사를 하기 시작했다.

유주를 건너서 북경부까지 오는 동안 건포 등으로 간단하게 허기를 때운 까닭에, 이곳 화운각에서 맛보는 음식들은 그야말로 천상(天上)의 요리들이었다.

화군악은 양 볼 가득 한껏 음식을 집어넣고서 우물거리

며 연신 고개를 끄덕이고 감탄했다. 염근초는 그런 화군악의 식사 광경을 물끄러미 지켜보았다.

이윽고 "꺼억." 소리와 함께 화군악의 요란한 식사가 끝났다. 염근초는 점소이를 불러 그릇들을 치우게 한 다음 차와 말린 과일, 과자를 내오도록 했다.

화군악은 뜨거운 차와 달콤한 과자를 먹으면서 행복한 표정을 짓더니, 그제야 생각났다는 듯 불쑥 입을 열었다.

"아까 뭐라 말씀하려 하셨죠?"

"아, 그게……."

염근초는 잠시 생각하다가 천천히 말을 꺼냈다.

"화 소협께서는 혹시 강 포두와 생각이 다르신가 해서요."

"왜 그리 생각하죠?"

"강 포두는 우리와 거리를 두려 하는 거로 알고 있습니다. 십삼매도 그리 말씀하셨고요. 하지만 화 소협께서는 여전히 우리를 친구나 동료처럼 편하게 대하시기에……."

"하하하. 맞아요. 강 형님과는 조금 생각이 달라요."

화군악은 전혀 거리낌 없이 인정했다. 언제나처럼 그의 얼굴은 유쾌해 보였다.

"뭐랄까, 나는 황계가 좋거든요."

화군악은 말린 과일 한 점을 입안에 넣으며 말했다.

"그리고 십삼매도요. 꽤 어렸을 적부터 친하게 지낸 사이잖아요? 따지고 보면 담 형님이나 설 형님들보다도 더 오래 알고 지냈으니 그만큼 서로에 대해서 잘 알고 흉허물이 없는 관계라 할 수 있죠. 어쨌든 십삼매의 그 보름달 같은 엉덩이를 본 사람이 과연 몇이나 되겠어요?"

일순 염근초의 얼굴이 살짝 붉어졌다. 한 번도 본 적이 없는, 그 아름답고 요염한 십삼매의 엉덩이가 저도 모르게 머릿속에 세세하게 그려졌던 것이었다.

화군악의 말은 계속 이어졌다.

"뭐 나중에는 서로 박 터지게 싸울 수도 있겠죠. 어쩌면 천하를 두고, 혹은 생존을 걸고 싸우거나 뒤통수를 치거나 할지도 몰라요. 하기야 세상일이라는 게 어찌 흘러갈지 누가 알겠어요? 오늘의 적이 내일의 아군이 될 수도 있고, 반대로 오늘의 벗이 내일의 적이 될지도 모르잖아요?"

일순 염근초가 움찔거렸다.

화군악이 친구 종리군에게 배신을 당해 하마터면 목숨을 잃을 뻔한 일을 황계의 수뇌부 중 모르는 이가 없었다. 그래서 화군악이 말한 '오늘의 벗이 내일의 적이 될지도 모르잖아요?'라는 말의 의미가 생각보다 깊고 강렬하게 염근초의 가슴을 파고든 것이었다.

"어쨌든! 나는 그런 상황에 직면하기 전까지는 여전히 황계를 내 집이라고 생각하고, 십삼매는 친누이라고 생각하고 싶거든요. 그리고 염 아저씨는 언제나 염 아저씨고."

화군악은 히쭉 웃으며 말을 맺었다.

염근초는 저도 모르게 따라 웃었다. 그는 고개를 끄덕이며 동의하듯 말했다.

"맞습니다. 화 소협은 언제나 화 소협인 게죠."

"그러니까요."

화군악은 다시 과자를 집어 먹으며 화제를 돌렸다.

"그나저나 황궁은 어때요? 여전한가요? 대사형…… 아니, 태자 전하는요?"

그냥 지나가면서 가볍게 묻는 안부였다.

하지만 그 가벼운 안부에 순간적으로 염근초의 표정이 굳어졌다. 그는 손수건으로 황급히 이마의 땀을 닦았다.

동시에 화군악의 악동 같은 모습이 사라졌다. 그는 앞으로 몸을 내밀며 재차 물었다.

"뭔가 일이라도 생긴 겁니까?"

목소리도, 표정도 달라졌다. 한없이 진중하고 날카로운 눈빛이 그의 두 눈에서 서리서리 뿜어져 나왔다.

"그게 그러니까……."

염근초는 어디에서부터 이야기를 시작해야 할지 잠시 생각하다가 입을 열었다.

"삼황자 주건이 자살한 건 아시는지요?"

"아, 들었어요. 그래서 그 시신을 이곳 황궁에 옮기는 중이라고, 그 소문까지 들었죠."

"맞습니다. 확실히 삼황자의 시신은 이곳 황궁으로 정중하게 옮겨졌습니다."

염근초는 재차 땀을 닦아 내며 말을 이었다.

"시신이 운구(運柩)된 건 저 기록적인 무더위가 한창 기승을 부리던 한여름이었습니다. 사람들은 관에서 시체 썩는 내가 진동하지 않을까 다들 걱정했지만 놀랍게도 아무런 냄새 없이 황궁으로 들어갔죠."

기이한 일이었지만 화군악은 아무렇지 않다는 듯 말했다.

"뭐 동빙주(凍氷珠) 같은 보주로 시신이 썩지 않도록 했나 보군요."

동빙주는 물을 얼려서 얼음으로 만드는 효능을 지닌 구슬로, 피독주(避毒珠) 등과 함께 수십만 금의 가치를 지닌 보주였다.

"맞습니다."

염근초가 고개를 끄덕이며 말했다.

"하지만 동빙주가 전부는 아닙니다. 놀랍게도 관에는 물을 가득 채워서 거기에 시신을 넣은 다음, 여덟 개의 동빙주로 아예 꽁꽁 얼어붙게 만들었답니다. 그러니 시신이 썩을 수가 없는 거죠."

화군악이 고개를 갸웃거렸다.

'호오, 여덟 개의 동빙주라……. 그 정도 개수의 동빙주는 아무리 황궁이라 해도 쉽게 구할 수 없을 텐데.'

피독주, 피서주, 동빙주 등 특이한 효능을 지닌 보주들은 쉽게 구할 수 없는 보물들이기 때문에 그 가치가 성(城) 하나보다 비쌌다.

천하의 취몽월영이 평생 모은 보물 중에서 동빙주는 오직 한 알밖에 없었다는 것 역시 그만큼 구하기 힘들다는 증거라 할 수 있었다.

염근초의 말은 계속해서 이어지고 있었다.

"관이 열리고 그 안의 얼음 속에서 잠든 듯 누워 있는 삼황자를 본 황후는 그 자리에서 졸도하셨다고 합니다. 사흘 후 깨어난 황후는 자신이 살아 있는 한 절대로 삼황자를 땅에 묻을 수 없다면서, 이후 지금까지 자신의 처소에서 삼황자의 시신과 함께 지내고 계신답니다."

황계의 정보원들은 천하 어느 곳에나 존재했다. 저 구중심처인 황궁의, 그것도 황후가 거처하는 곤녕궁(坤寧宮)에도 황계의 정보원이 존재하고 있었다.

화군악은 잠시 생각하다가 그게 뭐 대수로운 일이냐는 표정을 지으며 말했다.

"자식의 시신이 여전히 살아 있는 것처럼 보인다면 충분히 그럴 수도 있겠군요. 황후의 행동도 이해가 갑니다."

"그런데 말입니다."

문득 염근초의 목소리가 은밀하게 변했다. 그는 낮은 목소리로 소곤거리듯 말했다.

"귀신이 나타난다는 겁니다."

일순 화군악의 눈이 휘둥그레졌다.

"귀신이라고요? 설마 삼황자의 귀신?"

염근초는 감탄했다는 고개를 끄덕이며 말했다.

"역시 척하면 척, 눈치채시는군요. 대단하십니다."

"아니, 칭찬받을 정도의 눈썰미는 아닌 것 같은데요. 대충 이야기 흐름이 그리로 가고 있잖습니까?"

"어쨌든 맞습니다. 삼황자의 운구가 들어선 지 열흘 정도 지나면서 그 귀신을 보았다는 이들이 생기기 시작했습니다. 두 손을 축 늘어뜨린 채 허공을 미끄러지듯 움직이는 삼황자의 귀신 형상을 보고 졸도하거나 반쯤 실성해 버린 환관이나 궁녀가 한둘이 아닙니다."

"호오……."

"궁에서는 그 기괴한 상황에 다들 놀라고 당황하면서 쉬쉬하는 한편, 동창과 금의위, 백화 등 중 실력자들을 엄선하여 순찰을 돌게 했습니다. 하지만 희한하게도 그들은 삼황자의 귀신을 볼 수 없었는데, 놀라운 건 그런 와중에도 귀신을 보고 쓰러지는 궁녀들이 속출했다는 겁니다."

"흐음. 귀신이라……."

화군악은 어느새 염근초의 이야기에 푹 빠진 듯 두 눈을 반짝이며 입을 열었다.

"그러니까 무공을 아는 자들에게는 제 모습을 감추고 일반 평범한 자들 앞에만 모습을 드러낸다는 거로군요. 가령 어떤 의도를 가지고 행동하는 것처럼 말입니다."

"바로 그렇습니다. 그래서 누군가가 삼황자의 시신이 입궁한 걸 기회로 그런 기묘한 상황을 연출하는 게 아닌가 하고 추측하는 중입니다."

거기까지 말한 염근초는 문득 고개를 갸웃거리며 자신 없는 투로 말을 이었다.

"하지만 왜 그런 기묘한 연출을 하는지, 그 목적과 의도는 아무리 생각해도 알 수가 없거든요. 귀신으로 인해 죽은 자도 없고 잃어버린 물건도 없으니까요. 심지어 십삼매조차도 '이건 나중에 강 오라버니에게 맡겨야 할 일 같아요'라면서 고개를 설레설레 흔들었습니다."

일순 화군악은 저도 모르게 오기 비슷한 호승심이 일었다. 그는 가슴을 내밀며 당당하게 말했다.

"하하, 굳이 강 형님까지 찾을 필요가 어디 있겠습니까? 내가 한번 알아보죠."

염근초의 눈이 커졌다.

"화 소협께서요? 아니, 그렇게 한가로우셔도 됩니까?

벽력당이나 축융문은 어쩌시고요?"

"그야 황계에서 찾아 줄 테니까요."

화군악은 웃으며 말했다.

"애당초 황계가 찾아 줄 때까지 가만히 이곳에 눌러앉아서 시간을 때울 작정이었는데, 마침 잘되었습니다. 최소한 지루하지는 않을 것 같으니 말입니다."

"허어."

염근초는 저도 모르게 탄식했다.

알면 알수록 더 알 수 없는 자가 바로 이 화군악이라는 생각이 든 까닭이었다.

3. 제가 맡도록 하겠습니다

"화군악이 태자 전하를 뵙습니다."

"일어나도록 하라."

황태자 주완룡의 말에 화군악은 천천히 몸을 일으켰다. 하지만 여전히 그는 허리를 굽힌 채 경건하게 서 있었다.

주완룡은 저도 모르게 피식 웃었다. 화군악이 평소 얼마나 유쾌하고 활달하며 장난기 가득한 친구인지 익히 잘 알고 있기에, 지금 이렇게 평소와는 달리 한없이 진지한 모습을 보고 있자니 절로 미소가 흘러나오는 것이었다.
 "그래, 이곳까지 오는데 누가 방해하지는 않았고?"
 "아닙니다. 태자밀위(太子密衛)의 증패가 있는데 어찌 감히 누가 절 방해하겠습니까?"
 화군악은 정중하게 말했다.
 황궁에는 수만 명이 상주했으며, 하루에도 문을 오가는 이들의 수가 수천이 넘었다. 당연히 매번 들어오고 나가는 이들의 얼굴을 일일이 기억할 수 없는 터, 궁문을 지키는 이들은 출입자들의 증패(證牌)나 증서(證書)를 확인한 뒤 출입 여부를 결정했다.
 일개 평범한 백성에 지나진 않은 화군악이 손쉽게 자금성을 출입할 수 있었던 건 역시 수문위사 등 사람들이 그의 얼굴을 알고 있어서가 아니라, 검문검색을 당할 때마다 그가 내민 태자밀위의 증패 때문이었다.
 태자밀위의 증패는 일전에 강만리들이 이곳 궁내에서 마음껏 활보할 수 있도록 주완룡이 하사한 물건이었다.
 태자를 가까운 곳에서 보필하고 경호하는 밀위(密衛)의 증패이니만큼 확실히 그 위력은 실로 대단해서, 화군악이 증패를 내보일 때마다 상대가 누구이든 사색이 되어 허리를 굽혔다.
 "그렇구나."
 주완룡은 고개를 끄덕이며 주위를 둘러보았다.

"잠시 다들 물러가도록 하라."

주완룡의 말에 주변의 신하와 무사들이 일제히 고개를 숙이고 뒷걸음질 쳐서 대청을 빠져나갔다. 대청에는 주완룡과 화군악, 그리고 그들의 관계를 익히 잘 알고 있는 환관 두어 명만이 남았다.

주완룡은 싱글거리며 말했다.

"이제 허리를 펴도 된다."

화군악은 기다렸다는 듯이 허리를 펴고 고개를 들어 주완룡을 바라보며 투덜거리듯 말했다.

"정말 이 궁중 예법은 영 적응이 안 된다니까요, 대사형. 아니, 그나저나 왜 이리 안색이 좋지 않으시대요?"

화군악의 눈이 휘둥그레졌다.

아닌 게 아니라 주완룡의 몰골은 말이 아니었다. 안색은 초췌하고 피부색은 누렇게 떠서 마치 황달이라도 온 듯했다. 또한 뺨이 쏙 들어갈 정도로 살이 빠져서 평소의 그 중후한 모습은 온데간데없이 사라지고 보이지 않았다.

주완룡은 허허 웃으며 말했다.

"그리 안색이 좋아 보이지 않느냐?"

"네. 우리가 떠날 때만 하더라도 혈색이 돌아오고 살이 찌시는 것 같았는데, 지금은 마치 처음 중독되었던 그때를 떠올리게 할 정도로 안색이 나쁘십니다."

"흠, 다른 건 없다. 그저 이런저런 골치 아픈 일들이 조금 많을 따름이다."

주완룡은 안 그래도 책상 앞에 수북하게 쌓여 있는 문건들을 힐끗 바라보며 말을 이었다.

"그래, 다들 잘 있고?"

"네. 제법 많은 사건 사고들이 있기는 했지만 그래도 다들 무사히 북해로 들어섰습니다."

"무슨 일이 그리 많았더냐?"

주완룡이 흥미를 보이자 화군악은 신이 나서 유주에서, 그리고 북해에서 있었던 일들에 관해서 이야기하기 시작했다.

주완룡은 태사의 깊숙이 몸을 파묻은 채 화군악의 이야기에 집중했다. 때로는 감탄하고 때로는 아쉬워하고 때로는 한숨을 내쉬면서 듣던 주완룡은 종리군의 이야기가 나오자 문득 안색을 굳히며 정색했다.

화군악은 강만리 일행이 무두르를 만나기 직전에 그들과 헤어져 유랑객잔으로 되돌아왔다. 그래서 종리군이 여진족을 통합, 거대하고 막강한 군세(軍勢)로 만들고자 하는 작업에 대해서는 전혀 알지 못했다.

하지만 그는 유랑객잔의 똥보 주인장 저귀의 이야기를 통해서 이미 종리군이 새외팔천(塞外八天)을 하나로 묶으려는 엄청난 계획을 알아차릴 수 있었고, 그 부분에 관해서 주완룡에게 설명해 주었다.

이윽고 화군악의 모든 이야기가 끝나자 주완룡은 길게 한숨을 쉬며 중얼거렸다.

"허어, 불과 삼 개월 정도밖에 안 되었는데 정말 많은 일들을 겪었구나. 아, 안타깝다."

주완룡은 주먹을 불끈 쥐며 말을 이었다.

"나도 그 무리에 끼어 여행해야 했던 건데. 그랬다면 일반 사람이라면 평생 겪어 보지 못한 온갖 기이하고 해괴한 경험을 할 수 있지 않았겠느냐? 일반 강시보다 백 배는 강하다는 음양마라강시와 담 아우가 싸우는 광경을 볼 수도, 또 기기묘묘한 기환술(奇幻術)과 기문진도 구경할 수 있었을 텐데 말이다."

"말도 안 됩니다. 자칫 태자 전하…… 아니, 대사형께서 크게 다치거나 했으면 우리가 그 죄를 어찌 감당할 수 있었겠습니까? 생각만 해도 등골이 서늘해집니다."

화군악은 너스레를 떨 듯 말을 이었다.

"그 서너 달 동안 겪었던 그 어떤 일보다 더 무시무시한 말씀이십니다."

"허허허, 그런가? 어쨌든 고생했다."

"고생은요. 다들 그런 역경을 겪으면서 성장하는 법이고, 또 그렇게들 성장 중입니다."

"그렇지. 역경을 딛고 일어서는 것처럼 빠르고 확실한 성장이 없기는 하지. 흐음."

주완룡은 턱을 매만지다가 불쑥 입을 열었다.

"그런데 그 종리군이라는 자 말이다."

화군악은 저도 모르게 움찔거리며 대답했다.

"네, 말씀하십시오."

"자네의 친구였다고 알고 있는데…… 그가 천하는 물론 이 황궁까지 노릴 만한 자라고 생각하는가?"

화군악은 주완룡의 질문에 잠시 침묵했다.

새외팔천은 강호 무림과 적대하는 세력인 동시에 대륙의 안녕을 위협하는 족속들이었다. 거기까지 생각을 굴린 화군악이 천천히 입을 열었다.

"그만한 배포는 가지고 있는 녀석입니다. 또 그럴 실력도 있는 녀석이고요. 뒤에서 뭔가 수작을 부리는 걸 좋아하는 성격이기도 합니다."

"으음."

"무엇보다 야망이 큰 녀석입니다. 야망에 비교해서 자신의 그릇이 작다고 생각되면 그 그릇부터 키울 줄 알며, 또 자신의 그릇보다 야망이 작다고 느껴지면 더 큰 목표로 상향합니다. 즉, 지금 그가 천하를 노린다면 그만한 그릇을 이미 만들어 두었을 가능성이 크다는 뜻일 겁니다."

"그럼 황궁에서도 그자의 움직임에 관해서 주시하고 또 조사해야 한다고 생각하나?"

화군악은 입술을 깨물었다. 그는 잠시 망설이다가 입을 열었다.
"제가 맡도록 하겠습니다."
주완룡의 눈이 커졌다.
"자네가?"
"녀석은 누구보다도 제가 잘 알고 있습니다. 어떤 생각을 하고 무슨 꿍꿍이속인지도 잘 알고 있습니다. 그리고 녀석은 천하를 두고 싸우기 전에 강호 무림부터 자신의 것으로 만들고자 할 테니까요. 즉, 저야말로 그의 계획을 무너뜨릴 수 있는 유일한 인물이라고 자부합니다."
거기까지 진지하게 말한 화군악은 이내 씨익 미소를 지으며 덧붙였다.
"굳이 녀석을 뒤쫓느라 황궁의 힘을 낭비하느니, 제가 맡겨 두시고 대사형께서는 건강부터 챙기시기 바랍니다. 조금 전 말씀에서도, 이미 너무 많은 일을 하고 있다고 하지 않으셨습니까?"
"허허, 그건 그렇지만……."
"정 불안하시면 강 형님에게 하사했던 무림포두처럼, 군관(軍官)을 지휘할 수 있는 자격을 제게 주시면 어떨까 싶습니다. 만약 그리해 주시기만 한다면 적어도 내년까지는 녀석을 사로잡아 대사형 앞에 무릎을 꿇리겠습니다."

"음? 허허허."

눈을 휘둥그레 뜬 주완룡은 화군악의 당찬 패기에 흡족하다는 듯 이내 크게 웃었다.

하지만 화군악은 가슴이 아팠다. 그의 웃음소리에는 힘이 실려 있지 않아 예전의 그 호탕하고 호방했던 모습을 전혀 찾아볼 수가 없었던 까닭이었다.

주완룡은 웃음을 그친 후 차분한 어조로 말했다.

"자네에게만 맡기기에는 그 친구의 욕심이 너무 큰 것 같구나. 또한 마냥 손을 놓고 자네의 활약만 지켜보기에는 상황이 그리 좋지 않은 것 같기도 하고."

새외의 무리는 언제나 골치였다.

그중에서도 특히 여진과 몽고는 한 번씩 대륙을 정벌하여 자신들의 나라를 세운 전력이 있는 족속이었다. 그렇기 때문에 나라에서는 강군(强軍), 명장(名將)을 변방으로 보내 국토를 지키고 국호(國號)를 수호하고 있었다.

그런데 여진이나 몽고뿐만이 아닌, 아예 새외의 모든 외이(外夷)를 한데 묶어서 거대한 연합군을 만들고자 하는 이가 있다는 게다.

역사상 그 누구도 떠올리지 않았던, 애당초 실현 불가능한 일이었던 몽상(夢想)과도 같은 계획을, 차근차근 수순을 밟아가며 이뤄 내고 있다는 것이었다.

어찌 화군악의 말만 믿고 모든 걸 그에게 맡겨 놓을 수 있겠는가.

 주완룡은 게서 말을 끊은 채 잠시 머리를 굴려 생각하다가 입을 열었다.

 "강 아우는 뭐라던가? 내게 따로 부탁한 전언이 있을 텐데?"

 "네? 아, 강 형님의 부탁을 받고 대사형을 뵈러 온 게 아니라서요. 전언 같은 건 없었습니다."

 "그래? 희한한 일이군. 새외를 하나로 묶어서 대륙을 침공하고자 한다는 무지몽매한 계획을 알아냈으면서, 그 대책이나 방비에 대해서 내게 아무런 조언을 하지 않았다니…… 그거야말로 강 아우답지 않은 일이로군그래."

 "뭐, 무지몽매한 계획이니까요. 애당초 성공할 수 있는 망상이라고 생각한 모양입니다. 게다가 조금 전에도 말씀드렸다시피 그 일은 저나 강 형님 같은 무림인이 해결해야 하는 일이니까요."

 '흠, 생각이 짧구나.'

 주완룡은 속으로 중얼거렸다.

 '하기야 아무리 강만리라 할지라도 결국 일개 백성 된 자일 뿐, 그런 위치에서 거국적(擧國的)으로 형국을 살펴보면서 나라의 안위까지 생각하는 건 확실히 무리이겠지.'

 그렇게 생각한 주완룡은 다시 질문을 던졌다.

"그럼 자네는 자네의 친구가 그런 망상에 젖은 미치광이라고 생각하나?"

"그럴 리가요. 일반 사람에게는 망상이고 몽상이겠지만, 그가 나서면 그건 곧 현실이 되고 미래가 될 겁니다."

"흠, 자네는 강 아우보다 외려 그 친구를 더욱 높이 평가하나 보군."

"아뇨. 그렇지는 않습니다."

화군악은 단호하게 고개를 저으며 말했다.

"물론 그 녀석도 강 형님처럼 하늘이 내려 준 천재(天才)이기는 하지만, 결국에는 혼자가 아니겠습니까."

화군악은 그 어느 때보다도 자신감 넘쳐흐르는 표정을 지으며 말을 이어 나갔다.

"반면 강 형님에게는 강 형님에 버금가는 천재들 네 명, 그 이상이 함께하니까요. 게다가 무엇보다 강 형님의 뒤에는 우리 대사형이 든든히 버티고 계시고요."

"허허허. 못 본 사이 입에 발린 말만 늘었군그래."

"설마요. 제가 거짓말을 하지 못한다는 건 대사형께서 잘 알고 계시잖습니까?"

"그래, 그렇다 치자."

주완룡이 쓴웃음을 흘리자 화군악은 다시 정색하며 입을 열었다.

"강 형님도 나름대로 강구책을 준비하고 있을 겁니다.

어쨌든 그 일에 관해서는 너무 심려하지 마시고……."
 화군악은 게서 말을 끊더니 문득 주완룡의 눈치를 살피며 다시 말을 이었다.
"요즘 궁내에서 가끔 보인다는 귀신부터 퇴치하는 건 어떻습니까?"
"귀신이라……."
 일순 주완룡은 저도 모르게 한숨을 내쉬었다. 가뜩이나 좋지 않던 그의 안색이 더욱더 어둡고 탁해지는 순간이었다.

7장.
삼절공자(三絕公子)

"일반적으로 빙동에 들어선 지 닷새 정도 지나면서
빙정의 기를 흡수하기 시작해서
열흘 전후로 사람이 빙정의 기운을 감당할 수 있는 한계치에 이르게 되네."

삼절공자(三絕公子)

1. 남는 게 시간뿐이니까요

"자네가 신경 쓸 일은 아니네."

주완룡은 애써 침착한 표정을 지으며 말했다.

"몇몇 기(氣)가 허하고 신(神)이 약한 이들이 헛것을 보고 놀라거나 기절한 것일 뿐이니까. 그나저나 궁내에서 귀신이 나온다는 소리는 어찌 들었는가?"

"이미 북경부 내에 소문이 쫘악 퍼졌던데요?"

화군악은 거침없이 말했다.

"삼황자의 원귀가 밤마다 동궁을 돌아다니면서 제 억울함과 분함을 호소하고 다닌다더군요."

"억울함과 분함이라……."

주완룡은 한숨을 쉬며 중얼거렸다.

"그 녀석이 억울할 게 뭐가 있고, 분할 일이 또 어디 있다는 겐지……."

"그러니까요."

화군악은 고개를 끄덕이며 말을 받았다.

"애당초 삼황자가 분수 넘치는 생각을 하지 않았더라면 아직도 이곳에서 잘살고 있었을 테니까요. 뭐, 어쨌든 북경부 사람들은 삼황자의 운구가 입궁한 후부터 귀신이 나타난 상황을 두고 역시 그 운구의 시신이 밤마다 깨어나 궁내를 돌아다니는 거라고 생각들 합니다."

"그건 궁내의 사정을 모르는 자들의 지레짐작에 불과할 따름이다."

주완룡은 거듭 한숨을 쉬며 말을 이었다.

"몇 차례 건의 귀신이 나타나자 궁내의 사람들도 그런 생각을 떠올렸지. 그래서 황후 마마께 진언을 올렸고, 마마는 몇몇 환관과 신하들과 함께 건의 관 앞에서 밤을 꼬박 새우며 지켜보았다네."

"시신은 움직이지 않았는데 귀신이 나타났나 보군요."

"그래. 그러니 시신이 강시처럼 벌떡 일어나서 궁내를 돌아다니는 건 아니라는 게지."

"으음."

화군악은 고개를 갸웃거렸다.

사실 화군악은 처음 염근초로부터 이 귀신 소동에 관한 이야기를 듣자마자 즉각적으로 강시를 떠올렸다.

 두 팔을 추욱 늘어뜨린 채 허공을 미끄러지듯 나는 모습은 흡사 염마가 보여 준 그 기묘한 움직임과 크게 다르지가 않았으니까.

 화군악이 전해 들은 염마는 껑충껑충 뛰는 일반 강시들과는 달리, 무릎을 굽히지도 않은 채 어깨를 흔들지도 않은 채 그렇게 바닥을 쓸 듯 지면을 미끄러지며 움직였다고 했다.

 이미 완성된 세 구의 음양마라강시 중 가장 하급인 염마가 그런 식으로 움직였다면, 그보다 상급의 음양마라강시는 어쩌면 삼황자 주건의 귀신처럼 허공을 날 수 있을지도 몰랐다. 바로 그게 화군악의 추측이었다.

 그래서 화군악은 주완룡에게 음양마라강시를 상대할 방법에 대해 조언해 주고자 이렇게 자금성을 찾아왔던 것이었는데, 주완룡의 이야기를 들어 보자면 황후를 비롯한 몇몇 사람들이 며칠 동안 밤새 도록 지켜보았지만 관에서 주건의 시신이 벌떡 일어나는 광경은 단 한 번도 목도할 수 없었다고 했다.

 '으음, 진짜 강시가 아니었던가?'

 화군악은 머쓱한 표정이 되었다. 일부러 자랑스레 이곳을 찾아왔던 이유가 사라진 것이었다.

주완룡은 화군악의 속내를 알아차리지 못한 채 계속해서 말을 이어 나갔다.

"그렇다고 그 귀신이라는 것이 사람을 해치거나 물리적으로 피해를 주는 일은 없었네. 또 목격자들의 비명을 듣고 뒤늦게 사람들이 달려가 보았지만 그 누구도 귀신을 보지 못했지. 그러니 어쩌면……."

"목격자들이 헛것을 보았거나 아니면 다른 목적을 두고 거짓말을 하는 것일 수도 있겠군요."

"그렇지. 허어, 알고 보니 자네 또한 강 아우 못지않게 영민하군그래."

"원래 제가 세 가지가 뛰어나서 한때는 삼절공자(三絕公子)라고도 불렸습니다."

화군악은 어깨를 으쓱거리면서, 단 한 번도 다른 사람들에게 들어 보지 못한 별호를 자랑스레 읊어 댔다.

주완룡이 궁금하다는 듯이 물었다.

"삼절이라면 뭘 뜻하는 건가?"

"머리가 뛰어나다는 의미의 지(智)가 하나이고, 언변이 좋다는 뜻의 설(舌)이 둘이며, 여인네들을…… 으음, 그러니까 그 뿌리가 좋다는 의미의 근(根)이 마지막입니다."

화군악은 차마 황태자 앞에서까지 음탕한 말을 지껄이지는 못하고 에둘러 그런 식으로 말했다. 주완룡은 그 말의 의미를 짐작한 듯 빙긋 웃으며 고개를 끄덕였다.

"그래. 자네가 그 음양인(陰陽人) 한조와 처절하게 싸워 이긴 이야기는 아직도 충격적으로 남아 있네."

"하하, 제가 그런 이야기까지 했었습니까?"

"자네가 입이 조금 가볍지 않은가?"

"그건 어디까지나 대사형 앞에서만 그럴 뿐입니다. 대사형께 숨기고 자시고 할 이야기가 없으니까요."

"허허허. 역시 삼절공자답게 언변이 뛰어나다니까. 말로는 자네를 당해 낼 수가 없겠어."

"강 형님도 늘 그리 말씀하십니다."

화군악의 말에 주완룡은 웃음을 터뜨렸고 화군악도 그를 따라 밝게 웃었다.

그 상황을 지켜보고 있던 주완룡의 심복인 환관은 내심 크게 감격하여 하마터면 눈물까지 흘릴 뻔했다.

'전하께서 이렇게 밝게 웃으신 게 얼마 만의 일인가?'

강만리 일행이 궁을 떠난 지난 삼 개월 동안 주완룡은 한 시로 마음 편하게 휴식을 취하지 못했다.

그가 병상에 누워 있는 동안 쌓인 업무를 처리하는 한편 태자비 사건과 황후에 관한 마무리를 지어야 했으며, 또 그 와중에 삼황자 주건의 시신을 놓고 다시 황후와 척을 져야 했다.

결국 황후의 고집을 꺾지 못한 주완룡은 황후의 거처인

곤녕궁의 외진 방에다가 석빙고(石氷庫)와 같은 시설을 만든 후, 그곳에 동빙주로 꽁꽁 얼린 주건의 시신을 안치하는 것으로 결론을 냈다.

문제는 게서 끝나지 않았다. 지금 거론되는 삼황자 주건의 귀신 소동. 주완룡은 아무렇지 않다는 듯, 별일 아니라는 듯이 말했지만 며칠 전까지만 하더라도 궁 전체가 발칵 뒤집힐 정도의 커다란 소란이 벌어졌다.

하지만 지난 며칠 동안 주건의 귀신이 나타나지 않게 되었고, 덕분에 그 소란은 잠시 잠잠해진 상황이었다.

'역시 전하의 곁에는 강 대협이나 화 소협 같은 분들이 계셔야 한다. 전하께서 공무에 지친 심신을 달래고 위로해 줄 사람들이. 흐음, 나중에 강 대협을 만나서 한번 따로 부탁드려 볼까?'

환관이 그런 엉뚱한 생각을 하는 동안에도 주완룡과 화군악의 대화는 계속 이어졌다.

"어쨌든 예까지 왔으니 한번 조사는 해 보고 싶습니다. 과연 귀신인지 헛것인지, 아니면 제가 생각했던 그것인지 말입니다."

"자네가 생각했던 그것?"

"네. 처음 귀신 이야기를 들었을 때 떠오른 게 있었거든요."

"그게 뭔가?"

"아휴, 지금 말씀드리기에는 너무 부끄러운 생각입니다. 나중에 결과를 확인한 후 그때 말씀드리겠습니다."

"흐음, 자네가 부끄러움도 아나?"

"아니, 대사형께서는 절 뭘로 보시는 겁니까? 저도 수치와 염치, 체면과 자존심 같은 게 있다고요."

"아, 미안하네. 하도 얼굴이 두꺼워서 그런 건 없는 줄 알았네. 알겠네. 대평(大平)아."

주완룡은 웃는 낯으로 환관 한 명을 불렀다. 조금 전 홀로 엉뚱한 생각을 하고 있던 바로 그 환관이었다.

환관은 퍼뜩 상념에서 깨어나 깜짝 놀라며 대답했다.

"부르셨습니까, 전하."

"그대는 내 아우를 도와서 귀신 소동에 관해서 조사하도록 하라. 책임지고 내 아우의 모든 편의를 봐주도록 하고. 알겠느냐?"

"명을 받듭니다, 전하."

주완룡은 다시 화군악을 돌아보며 말했다.

"귀신 소동이 아니더라도 시간이 되면 한 이삼 일 이곳에 묵으며 나와 이야기 상대나 하자꾸나. 그 유랑객잔의 풍보 주인장이라는 친구에 관해서, 또 종리군이라는 자에 대해서 좀 더 많은 걸 듣고 싶으니 말이다."

"그리하겠습니다."

화군악은 허리를 숙이며 대답했다.

"남는 게 시간뿐이니까요."

2. 빙룡왕의 직감

 강만리는 당연히, 화군악이 그렇게 엉뚱한 곳에서 시간을 낭비하고 있을 거라고는 전혀 상상하지 못했다. 벽력당과 축융문의 존재를 찾기 위해서 홀로 전국 각지를 분주하게 돌아다닐 화군악이 그저 고마울 따름이었다.
 "한 명 더 붙여 줄 걸 그랬나?"
 강만리의 말에 설벽린이 아쉬워하며 말했다.
 "그러니까 제가 같이 간다고 했잖습니까? 강적을 상대하는 건 자신 없지만, 흑개방 같은 쪽을 상대하는 건 제가 전문이라니까요."
 "그래서 하마터면 흑개방과 전쟁을 벌이게 만든 건가?"
 "아아, 그거요? 어디 그게 저만의 잘못이겠습니까? 이런저런 악연과 불운이 겹쳐져서 그리된 것이죠."
 설벽린이 웃으며 말했다. 강만리는 그 웃는 얼굴에 알밤을 먹이고 싶은 걸 애써 참았다.
 설벽린을 뒤쫓던 철목가 무사들과 흑개방 무사들 간에 죽고 죽이는 치열한 전투가 벌어진 건 오롯하게 설벽린

때문이었다. 또 그가 아니었더라면 흑개방주가 직접 철목가 둘째 부인을 찾아가 사과하고 예물을 전하지도 않았을 것이었다.

그러니 흑개방이 설벽린을 평생의 원수로 생각하는 건 너무나도 당연한 일이었으며, 하마터면 그로 인해 화평장과 흑개방이 생사를 건 전쟁을 벌일 뻔도 했다.

게다가 강만리들은 모르고 있었지만 흑개방은 살막과 은자림 등 여러 살수 조직에게 설벽린 등의 암살을 청부했으며, 살막과 은자림이 유주까지 강만리들을 쫓아온 건 그런 이유도 포함되어 있던 것이었다.

설벽린은 강만리의 눈초리가 매서운 걸 보고는 "에이, 과거 이야기는 그만하자고요." 하면서 손을 휘휘 내저었다. 그러고는 얼른 화제를 바꿔 말을 이었다.

"참. 요즘 헌원 노대께서는 아예 만날 수 없을 정도로 바쁘시던데요. 얼마나 걸릴 것 같습니까?"

강만리는 묵묵부답 설벽린을 노려보다가 한숨을 쉬며 입을 열었다.

"어디 그게 하루 이틀 만에 끝날 일이더냐? 게다가 헌원 노대가 처음부터 다 뜯어고친다면서 늦장을 부리는 바람에 괜히 제수씨들에게만 미안해졌다. 특히 예추의 제수씨는 몸을 푼 지 석 달도 채 되지 않았는데 말이지."

"괜찮습니다."

구석진 자리에 앉아서 차를 마시고 있던 장예추가 말했다.

"안 그래도 너무 놀고먹어서 살만 찌는 것 같다고 걱정했거든요. 오래간만에 기관진식을 설치한다고 꽤 흥분하더라고요."

강만리들이 이곳 빙궁에 온 지도 벌써 보름 가까이 흘렀다. 강만리는 빙룡왕과 유화부인과 논의한 후, 이곳 빙궁을 예전의 화평장처럼 수비와 방어에 특화된 곳으로 만들기 시작했다.

우선 망루부터 새로 세워서, 동서남북의 경계는 물론 그 망루 꼭대기에 거대한 쇠뇌를 장치하여 적을 공격할 수 있도록 했다.

화평장의 것보다 두 배는 크고 열 배는 강한 공격력을 지닌 쇠뇌를 만들어 달라는 강만리의 힘들고 어려운 주문에 헌원 노대는 뛸 듯이 기뻐했다.

"내 모든 역량을 다 동원해서 전무후무한 철궁노(鐵弓弩)를 만들어 주겠네."

쇠뇌는 곧 발사 장치와 조준기가 부착된 거대한 활을 의미했다. 사람의 힘으로는 활시위를 잡아당길 수가 없어서 도르래를 이용하기도 하는데, 특히 화평장에 있던 쇠뇌는 세 사람이 한 조로 움직여서 화살을 장전하고 활시위를 당겨 발사했다.

사실 일반 쇠뇌는 그 크기나 무게에 비해서 사거리가

그리 길지 않았다. 대략 백여 장까지의 거리가 최고 한도였으며, 제대로 된 살상력을 보이려면 그보다 절반 정도 거리로 축소되었다.

하지만 헌원 노대의 철궁노는 달랐다. 화살까지 쇠로 만들어 장착하는 철궁노는 한꺼번에 수십 발을 장전할 수 있었으며, 그 장전된 구멍의 형태가 나선형으로 되어서 더욱더 빠르고 강렬한 힘으로 발사되었다.

"오백 장 밖에 있는 적의 심장을 꿰뚫을 수 있도록 만들겠네."

헌원 노대는 잔뜩 흥분하여 말했다.

"몇 대를 만들어야 하지? 열 대? 스무 대?"

강만리는 웃으며 말했다.

"우선 대장간부터 확인하시죠."

"아, 그렇지. 철시(鐵矢)를 만들려면 일반적인 화력으로는 안 되니까. 참, 쇠는 충분하다던가?"

"부족한 건 조선이나 여진에서 사 오면 됩니다. 아니면 십삼매에게 부탁해도 되고요."

"뭐, 자네가 어련히 알아서 할까. 그럼 대장간이 어디 있는지 안내해 주게. 어디, 빙궁의 장인(匠人) 실력이 어느 정도인지 구경해 볼까?"

그렇게 대장간으로 직진한 헌원 노대는 곧 실망했다. 이곳의 대장간은 평범한 농기구를 만들고 수리하는 정도였으며 또 장인이라고 부를 만한 사람도 존재하지 않았다.
 하지만 헌원 노대는 이내 씩씩하게 말했다.
 "처음부터 다 뜯어고쳐야겠군."
 할 일이 늘어난 게 더할 나위 없이 행복하다는 듯한 얼굴이었다. 그렇게 대장간에 머물기 시작한 헌원 노대는 지금껏 두문불출, 화로(火爐)부터 시작하여 모든 걸 고치는 중이었다.
 그 바람에 빙궁 전체를 아우르며 설치해야 하는 기관진식은 온통 당혜혜와 정소흔의 몫이 되고 말았다.
 "괜찮아요. 힘 좀 쓰고 일 잘하는 장정만 붙여 주시면 돼요."
 너무 무리한 일을 부탁한 게 아니냐는 강만리의 걱정에 두 여인은 방긋 웃으며 그렇게 말했다.
 강만리는 빙룡왕과 유화부인의 도움을 받아 그녀들에게 이십여 명의 빙궁 사람들과 오십여 명의 여진인을 붙여 주었다. 정소흔은 근육이 울퉁불퉁한 여진 사내들을 둘러보며 기쁜 표정을 지었다.
 "정말 일 잘하게들 생겼네요."
 당혜혜가 눈치를 주며 말했다.
 "너무 기뻐하면 나중에 화 아주버님께 이를 거예요."
 "무슨 소리야. 단지 일을 잘할 것 같아서 기뻐하는 거야. 그러는 혜혜도 입가에 미소가 걸려 있는데?"

두 여인은 키득거리며 농을 나눴다.

'확실히 유부녀들의 농담이란······.'

그 조신하고 순진한 여인들이 어떻게 혼인만 하고 애만 낳으면 저렇게들 변하는지 모르겠다고 생각하면서 강만리는 고개를 설레설레 흔들며 자리를 떴다. 그게 보름 전의 일이었다.

그녀들이 보름 내내 고생하는 동안 강만리도 쉬고 있지 않았다. 빙궁 외곽에 십여 장 너비, 십여 장 깊이의 해자를 팠으며, 또한 빙궁 남쪽 수십 리까지 초소를 설치하여 무사들을 두고 주변의 감시를 강화했다.

빙궁은 거대했고 북해는 광활했다. 적은 인원으로 어떻게 최대한 효율적으로 방어진을 구축할 수 있을지 강만리는 수없이 고민하고 또 고민했다.

그렇게 하루도 쉬지 않던 강만리가 오래간만에 차 한 잔의 여유를 보내고 있는데, 보름 내내 놀고 먹기만 하던 설벽린이 계속해서 그런 식으로 딴죽을 거는 것이다. 당연히 그 꼴이 보기 좋을 리가 없었다.

녀석 말대로 군악과 함께 눈에 보이지 않는 곳으로 보냈어야 하는 건데, 하는 아쉬움이 강만리의 얼굴 가득 스며들었다.

그때, 정유가 불쑥 입을 열었다.

"담 형님은 괜찮으실까요?"

"괜찮지 않으면 벌써 연락이 왔겠지."

강만리는 당연하다는 듯 대꾸했다.

"그 빙동(氷洞)을 지키고 있는 무사들이 번갈아 가며 담 형님의 상태를 확인한다고 했으니 걱정하지 않아도 될 거야."

담우천은 지금 북해빙정의 기운을 얻기 위해 일종의 수련을 하는 중이었다.

사방이 꽉 막힌 석실 중앙에는 두 사람이 충분히 누워서 잘 수 있을 정도의 빙대(氷臺)가 놓여 있었다.

빙정은 그 빙대 중앙 부분에 박혀 있었는데, 이른바 얼음의 정기라 불리는 빙정답게 그 주변은 새하얀 서리와 얼음으로 뒤덮여 있었다.

그곳에서 담우천은 운기조식을 하거나 혹은 빙대에 드러누워 잠을 청해야만 했다. 그 살이 저미고 뼈가 어는 듯한 고통은 겪어 보지 못한 사람은 짐작조차 할 수 없었다.

아무리 건강하고 건장한 사람이라 할지라도 그 빙대에서는 하루나 이틀도 채 견디지 못하고 빙동 밖으로 뛰쳐나왔다.

그럼에도 불구하고 빙궁의 모든 이들이 최소한 한 번 이상 빙동에 도전하는 이유는 바로 빙정의 오묘한 효능 때문이었다.

북해삼보(北海三寶)라 불리는 세 가지 보물 중에서도

으뜸인 빙정은 수많은 공능(功能)을 지니고 있었다.
 내공을 증진시키는 효능, 만독불침(萬毒不侵), 한서불침(寒暑不侵)의 경지에 오르게 하는 효능이 있는가 하면, 내상을 치유하고 잃어버린 내공을 회복하게 하는 효능도 있었다.
 담우천이 그곳에 들어선 지는 벌써 열흘이 넘었다. 화군악이 열흘 만에 피골이 상접한 몰골로 나왔으니 담우천 역시 이제 슬슬 빙동을 나올 때가 되었다.
 "너무 오래 있어도 좋지 않네."
 그것이 담우천이 빙동에 들어가기 전 빙룡왕이 그에게 했던 조언이었다.
 "일반적으로 빙동에 들어선 지 닷새 정도 지나면서 빙정의 기를 흡수하기 시작해서 열흘 전후로 사람이 빙정의 기운을 감당할 수 있는 한계치에 이르게 되네. 게서 더 버텨 봤자 아무런 소용이 없네. 외려 몸이 축나고 상할 가능성만 더 커지겠지. 그러니 좋아졌다 싶으면 적당히 하고 나오게나."
 수년 전 화군악이 처음 빙정의 한기에 도전했을 때만 하더라도 빙룡왕은 절대 그가 성공할 수 없다고 생각했다.
 하지만 화군악은 빙동에서 무려 열흘을 버티다가 나왔고, 덕분에 잃어버렸던 대부분의 내공을 회복할 수 있었다.

이후 빙룡왕은 사람의 한계에 대해서, 특히 강만리의 지인(知人)들에 대해서는 결코 쉽게 판단하지 않았다. 무엇보다 담우천을 마주한 순간, 빙룡왕은 저도 모르게 고개를 끄덕일 수밖에 없었다.
'이 친구는 무조건 성공하겠구나.'
그게 담우천을 본 빙룡왕의 직감이었다.

3. 실마리

 성은 장(張), 이름은 대평. 다섯 살 나이에 궁으로 들어와 환관의 수업을 받았다. 그는 어렸을 적부터 총명하고 말귀를 잘 알아들어서 아홉 살 나이에 내서당(內書堂)에 들어가 글과 무공을 배우기 시작했다.
 내서당은 고급 환관을 양성하는 황궁의 교육 기관으로, 내서당 출신은 나이 많은 선배 환관들도 무시하지 못하고 정중하게 예의를 갖춰 대우해야 했으며 온갖 승진에 유리한 영향을 준다.
 열세 살 나이에 남근(男根)을 제거한 후 정식 환관이 되었으며, 이후 황태자 주완룡의 수발을 들기 시작하였다.
 워낙 총명한 데다가 또한 무공에 자질이 있고 타고난

힘이 좋아서 약관 무렵에는 이미 일반 동창 무사들보다 뛰어난 무위를 지니게 되었고, 그로 인해 주완룡의 호위까지 맡게 되었다.

그렇게 환관 장대평이 주완룡을 보필하게 된 지도 올해로 벌써 이십 년이 되었다.

장대평의 나이가 서른둘이 되는 동안 황태자가 흉금을 터놓고, 가식과 위선의 가면을 벗어던지고 마음껏 순수하게 웃고 떠드는 모습은 오로지 강만리 일행과 마주했을 때만 볼 수 있었다.

심지어 황태자가 제 아들과 함께 놀아 줄 때도 그렇게 맑고 투명한 미소는 찾아볼 수가 없었다.

그래서였다. 화군악의 안내를 맡아 그 귀신을 목격한 이들을 찾아다니면서, 장대평이 은밀하게 제안을 건넨 이유는.

화군악의 눈이 휘둥그레졌다.

"궁에서 살라고요?"

장대평은 "쉿." 하고는 주위를 둘러보았다. 마침 주변에는 아무도 없었고, 그는 곧 안심한 표정을 지으면서도 여전히 경계의 빛을 늦추지 않은 얼굴로 말했다.

"천자(天子)가 되기 이전부터 워낙 많은 중임을 어깨에 짊어진 분이십니다. 단 하루도 마음 편히 쉬지도 못하시며 즐겁게 놀지도 못하십니다. 일거수일투족을 감시당하는 건 물론, 전하의 사소한 꼬투리라도 잡고 싶은 족속들이 궁내에 수두룩합니다. 언제나 긴장하고 주의하고 또 조심하며 살아가셔야 합니다. 즉, 한 걸음 한 걸음이 곧 칼 위를 걷는 형국이라 할 수 있습니다."

장대평의 말에 화군악은 놀란 표정을 감추지 못했다.

물론 황태자라고 해서 마냥 즐거울 리는 없을 것이다. 지위가 높다는 건 곧 그만큼의 책임이 따른다는 말과 다르지 않았으니까.

하지만 늘 암살을 걱정해야 하고 모함과 누명을 경계해야 하며 배신을 염두에 둔 채 하루하루를 살아간다는 건, 생각만 해도 끔찍한 일일 수밖에 없었다.

"그러니 전하께서 모든 걱정과 근심거리를 내려놓고 마음껏 편히 대화를 나눌 사람이 필요합니다. 소관(小官) 또한 친한 동료들과 한껏 수다를 떨다 보면 다시 한번 힘내 볼까, 하고 기운이 나거든요. 전하께서도 그렇게 숨을 돌리실 수 있는 상대가 필요합니다."

"흐음."

잠시 생각하던 화군악이 물었다.

"대사…… 아니, 전하께서도 그리 생각하신답니까?"

"직접 듣지는 못했지만 속으로는 당연히 원하고 계시지 않을까요? 수년 전에도 전하께서는 강 대협을 측근으로 들이고자 설득하셨으니까요."

"그런데 강 형님은 거절했고?"

"네. 송충이는 솔잎을 먹어야 한다고 하셨습니다. 하지만 전하께서 부르신다면 언제든지 달려와 목숨을 바칠 거라고도 하셨죠."

"하하. 강 형님다운 답변이네."

화군악은 유쾌하게 웃다가 얼른 입을 다물었다.

마침 지나가던 환관 두 명이 장대평을 보고 허리를 숙였다. 장대평은 가벼운 고갯짓으로 인사를 대신했다. 그것만으로 이 젊은 환관의 지위가 절대 평범하지 않다는 걸 확인할 수 있었다.

환관들이 멀어지자 장대평이 다시 입을 열었다.

"화 소협이 전하의 곁에 머물겠다 하시면 전하는 크게 기뻐하실 겁니다. 당연히 상당한 직급과 땅과 하인을 선사하시겠지요. 거기에다가 어쩌면 남(男)이나 자(子)의 작위(爵位)까지 내려 주실지도 모릅니다."

"작위요?"

황궁의 일에 대해서는 까막눈에 가까운 화군악이 고개를 갸웃거리며 묻자 장대평은 친절하게 설명했다.

"오등작(五等爵)을 말하는 겁니다. 과거로부터 내려온 귀족(貴族)의 등급인 셈이죠."

저 수천 년 전의 주(周)나라 시절부터 지금까지, 약간의 변화는 있을지언정 그 뼈대와 근간은 변하지 않은 채 내려오는 문화 중 하나가 귀족이었다.

귀족은 크게 두 가지로 분류되었다. 그중 하나는 예를 들어 지방의 호족(豪族)처럼 세력이 강하고 명망이 높으며 역사가 오래된 이들을 가리켜 문벌귀족(門閥貴族)이라 했으며, 황제가 공을 세운 자들이나 친인척에게 직위를 하사하여 생긴 오등(五等)의 귀족이 다른 하나였다.

오등의 귀족은 곧 공(公), 후(候), 백(伯), 남(男), 자(子)의 계급으로 나뉘는데, 공의 경우에는 곧 황태자와 버금가는 권력과 지위를 누린다고 했다.

특히 국공(國公)의 경우에는 심지어 황제의 명령도 거부할 수 있는 권리와, 황제를 살해하는 죄를 짓지 않는 한 그 어떤 죄를 지어도 벌을 받지 않는 특권이 있다고 알려져 있었다.

장대평으로부터 오등귀족의 세세한 설명을 전해 들은 화군악은 문득 나라의 국공이 된 자신이 황상(皇上) 곁에 우뚝 서서 모든 문무대신(文武大臣)을 내려다보는 모습을 떠올렸다. 그야말로 호기(豪氣)가 절로 넘치는 상상이었다.

하지만 그는 곧 제 등 뒤로 쏟아지는 질투와 시기, 살기와 조롱, 수군덕대는 소리까지 들을 수가 있었다. 까막눈에 가까운 자신을 비웃는 자들의 표정과 일부러 어려운 한자를 사용하면서 조롱하는 자들의 미소를 볼 수 있었다.

머릿속의 망상이 거기까지 이르게 되자, 화군악은 화들짝 놀라며 상념에서 깨어났다. 그러고는 설레설레 고개를 저으며 입을 열었다.

"아무래도 내게는 과분한 제안인 것 같습니다."

장대평이 흠칫 놀라며 말했다.

"하나 전하를 생각하셔서……."

"물론 전하를 생각합니다. 그러니 일 년에 한두 차례 찾아와 수다를 떨고 농을 나눌 의향은 충분합니다. 강 형님이 아니더라도 불러 주신다면야 언제든지 달려올 겁니다. 하지만 예서 살아간다는 건…… 생각만 해도 끔찍하네요. 네, 비록 송충이는 아니더라도 아무래도 역시 솔잎만 먹고 살아가야 할 것 같습니다."

화군악은 그렇게 장대평의 제안을 거절했다.

아무리 귀한 대접을 받는다고 하더라도 이 사방이 꽉 막힌 공간에서 생활하는 것보다는 강호 무림이라는 광활한 곳에서 마음껏 뛰노는 게 나았다.

예의와 규범과 법을 따르는 것보다는 주먹부터 휘둘러서 해결하는 게 화군악의 성미에 맞았다. 어쩌면 강만리가 말한 솔잎이라는 것도 그러한 의미였을지 몰랐다. 애당초 답답하게 얽매이는 걸 가장 싫어하는 이들이 바로 강호 무림인이었으니까.

"알겠습니다. 이해합니다."

장대평은 그렇게 말했지만 절대로 승복하지 않았다.

'나중에 때가 되면 다시 제안을 해 봐야지. 그때는 지금보다 더 달콤한 제안과 설득력으로, 반드시 이들을 전하 곁에 모셔 두리라.'

장대평은 내심 그런 결의를 다지면서 귀신을 만난 목격자를 향해 발길을 옮겼다.

* * *

"어떻습니까?"

일곱 명의 목격자를 모두 만나고 돌아오는 길, 장대평이 화군악을 향해 물었다.

날은 어느덧 어두워지고 있었다. 겨울이 다가올수록 해는 점점 짧아졌다. 바람은 더 싸늘해졌고 울창한 나무 한 그루 없는 궁내의 풍경은 스산하기까지만 했다.

"글쎄요. 별다른 거 없던데요."

화군악은 심드렁하게 말했다.

목격자들의 진술은 확실히 별다른 거 없었다.

늦은 밤, 일을 마치고 서둘러 처소로 돌아갈 때, 세찬 바람이 이는가 싶더니 갑자기 등골이 오싹해지면서 소름이 돋았다.

화들짝 놀라 뒤를 돌아보니 삼황자 주건의 형상을 한

귀신이 오른쪽에서 왼쪽으로, 혹은 왼쪽에서 오른쪽으로 스르륵 움직이고 있었다.

어떤 이는 기절하고 어떤 이는 놀라 비명을 지르고, 또 어떤 이는 뒤도 돌아보지 않고 도망쳤다.

그게 전부였다. 귀신과 이야기를 나눈 자도 없었으며, 귀신이 어떻게 사라졌는지 본 이도 없었다. 그러니 목격자들의 이야기를 통해서 뭔가 얻거나 알게 된 단서는 말 그대로 전무했다.

"괜히 맡는다고 했나 봐."

화군악이 한숨을 내쉬며 중얼거렸다.

"강 형님이라면 그래도 뭔가 알아차렸을 텐데 말이지."

"네? 방금 뭐라 하셨습니까?"

"아, 아무것도 아닙니다. 그나저나 황후 마마께서는 삼황자의 귀신이 나타났다는 이야기를 듣고 어떤 반응을 보이셨습니까?"

황태자비의 독살 사건 이후, 황후의 권력은 극도로 축소되었고 발언권 역시 거의 소멸되었다.

또한 곤녕궁에서 벗어나 외출이라도 하려면 황제의 허가를 받아야 하는 상황에 처하게 되었다. 그야말로 유배 아닌 유배.

그러니 곤녕궁을 찾는 이들도 점점 드물어졌으며, 그렇게 사람들의 발길이 끊긴 곤녕궁은 폐가처럼 을씨년스럽게 변했다.

 황후 또한 성격이 변한 듯 말수가 적어졌으며, 타인과의 만남을 극도로 꺼렸다. 그런 황후가 아주 오래간만에 제 목소리를 낸 게 바로 삼황자 주건의 시신 건(件)이었다.

 결국 황후의 애끓는 부탁을, 생모의 마지막 부탁이라며 무릎을 꿇고 애원하는 그녀를 차마 외면할 수가 없었던 주완룡은 황제에게 건의, 곤녕궁의 방 하나를 석빙고처럼 만들어 그곳에 주건의 시신을 안치했다.

 그날 이후 들리는 이야기로는 황후는 하루 종일 그곳에 틀어박혀서 얼음에 갇힌 주건의 시신을 하염없이 바라보거나 혹은 불경을 외운다고 알려졌다.

 "모르겠습니다."

 장대평은 뒷머리를 긁적이며 말했다.

 "황후께서 어떤 반응을 하셨는지 전혀 이야기가 없었거든요. 게다가 다들 이번 사건에 대해서는 쉬쉬하는 분위기인지라……."

 화군악은 고개를 갸웃거렸다.

 아무리 인적 끊긴 곤녕궁이라고 하더라도 시녀와 궁녀, 환관들이 오가는 만큼 당연히 그 주건의 귀신 소동은 분명히 황후에게 전해졌을 것이다.

 화군악이 아는, 그가 이해하는 황후의 그 지랄맞은 성

격이라면, 삼황자 주건의 일이라면 심지어 죽은 귀신이라도 만나고 싶어서 어떻게든 곤녕궁을 빠져나왔을 것이다.

'그런데 아무 반응이 없다?'

화군악의 눈빛이 반짝였다.

'아무래도 곤녕궁부터 조사하는 게 올바른 순서인 것 같다.'

뭔가 실마리가 보이는 것 같았다.

8장.
한밤의 곤녕궁(坤寧宮)

친위군은 황궁의 경비를 맡은 부대로 총 십삼 개의 군으로 나누어져 있었다.
그중 어도 친위군은 동궁의 경비를 담당하는 임무를 맡았다.

한밤의 곤녕궁(坤寧宮)

1. 부엉이 울음소리

복면으로 얼굴을 가렸다. 오래간만의 야행복(夜行服)으로 전신을 휘감았다. 산뜻하면서 가벼운 경장(輕裝), 추울 정도로 차가운 밤공기가 옷감 사이로 파고들어 온몸에 소름을 돋게 했지만 전혀 개의치 않았다.

북해의 추위는 이보다 훨씬 강했고, 또 이 정도 날씨에 추위를 탈 정도의 그도 아니었으니까.

"설마 나쁜 짓을 하려는 건 아니시겠죠?"

느닷없이 복면과 야행복을 준비해 달라는 화군악의 부탁에 장대평은 불안한 표정을 감추지 못하며 그렇게 말했다.

그에 화군악은 어깨를 으쓱거리며 대답했다.

"걱정하지 않아도 됩니다. 내가 나쁜 짓을 하든, 무슨 황당한 일을 하든 그 누구도 알 수가 없을 테니까요."

"아이구."

장대평은 더욱 불안한 얼굴이 되었다. 그러나 어쩔 도리가 없었다. 그는 화군악이 요구한 대로 복면과 야행복, 그리고 몇 가지 물건을 챙겨서 가져왔으며 화군악은 장대평이 보는 자리에서 옷을 갈아입었다.

"제발 전하께 누가 되는 일은 없도록 부탁드립니다."

장대평의 신신당부를 뒤로하고 화군악은 곧바로 창을 통해 빠져나가 지붕 위로 뛰어올랐다. 차가운 밤바람이 불어왔다. 복면 사이로 뚫려 있는 눈이 시렸다.

화군악은 몇 차례 눈을 깜빡이면서 주변을 둘러보았다.

야심한 밤이었다. 대부분의 건물은 이미 모든 불이 꺼진 가운데 군데군데 설치된 화톳불과 석등만이 이 어두운 밤을 밝혀 주고 있었다.

'경비 태세가 석 달 전보다 훨씬 단단해졌군.'

지붕 위 어둠에 몸을 의탁한 화군악은 고개를 끄덕였다.

화톳불 곁에는 두어 명의 경비 무사들이 반드시 지켜 서서 단 일각도 자리를 뜨지 않았다. 보통 반 시진에 한 번씩 순찰을 돌던 조(組)도 이각에 한 번으로 바뀐 듯했다.

즉, 석 달 전과 비교하자면 두 배 이상 경비를 강화한 것이었다.

'귀신 소동 때문일까, 아니면 황태자 독살 사건 때문일까?'

화군악은 속으로 그렇게 중얼거리면서 자신이 서 있는 지붕에서 곤녕궁까지 무사히 이동할 수 있는 경로를 찾기 시작했다.

화군악의 사부는 야래향이었다. 밤의 지배자이자, 달빛 아래 최강자라 불리웠던 절정고수가 바로 야래향 그녀였다.

사실 밤의 지배자라고 하면 또 당당히 나설 인물이 한 명 더 있었다. 저 전설의 도둑인 취몽월영이 바로 그였다. 물론 도둑질에 특화되어 있기는 하지만 그의 경공술과 잠입, 은잠술은 결코 야래향에게 뒤지지 않았다.

화군악은 야래향에게 무공을 전수받았으며 장예추는 취몽월영에게 모든 걸 전해 받았다. 그리고 화군악과 장예추는 서로의 무공을 교류하고 치열하게 토론하고 장단점을 분석하면서 자신들의 무공을 더욱 발전시켰다.

그로 인해 지금의 화군악과 장예추는 그 예전의 야래향과 취몽월영보다도 뛰어난 경공술과 잠입, 은잠술을 펼치게 되었다.

아무리 궁내의 경계경비가 강화되었다 한들 화군악의 움직임을 막을 수도, 알아차릴 수도 없는 이유가 바로 거기에 있었다.

 일단 경로를 확인하고 주변 상황을 살핀 화군악은 유유히 몸을 날려 밤하늘을 날았다. 그의 경공술은 올빼미처럼 아무런 소리도 내지 않았다. 밤바람이 제법 거세가 불었지만 옷자락 펄럭이는 소리도 들리지 않았다.

 화톳불 주위를 지키고 서 있는 경비 무사들이나 열(列)을 맞춰 순찰하는 무사들 모두, 제 머리 위를 미끄러지듯 날아가는 화군악의 기척을 전혀 알아차리지 못했다.

 화군악은 그렇게 은밀하게 허공을 날아서 일곱 개의 지붕을 연거푸 뛰어넘었다.

 드디어 거대한 검은 형상의 곤녕궁이 보였다. 몇몇 방에 불이 밝혀져 있지 않았더라면 그저 어두운 그림자로만 보일 법했다.

 곤녕궁의 주변에는 다른 궁보다 훨씬 많은 경비 무사들이 지키고 서 있었다. 누군가의 기습을 막으려는 것인지, 아니면 황후의 허락받지 않은 외출을 막으려는 건지는 알 수 없었다.

 화군악은 지금 서 있는 건물의 지붕에서 곤녕궁의 지붕까지의 거리를 가늠했다. 대략 십이삼 장의 거리. 아쉽지만 도약이나 하늘을 나는 경공술로는 한 번에 당도할 수 없는 거리였다.

 잠시 주변을 살폈다. 곳곳에 화톳불이 밝혀져 있는 가

운데, 어둠과 음영이 교차하면서 더욱 어둠이 짙게 내려앉은 공간이 있었다.

화군악은 잠시 호흡을 가다듬고는 그 공간을 향해 훌쩍 몸을 날렸다.

고양이가 지면에 착지하듯 부드럽고 날렵하며 아무런 소리가 나지 않게 그 어두운 공간에 내려선 화군악은 곧장 두 발에 힘을 주고 곤녕궁의 지붕을 향해 힘껏 도약했다.

그 와중에 지면의 돌멩이가 튀었을까. 희미한 소음이 일었다.

바로 곁에 서 있던 무사들이 그 소리를 듣고 빠르게 몸을 돌리며 무기를 겨눴다. 하지만 이미 화군악은 곤녕궁 지붕 위로 몸을 감춘 후였다.

"무슨 일이냐?"

조장(組長)으로 보이는 중년 무사가 물었다. 텅 빈 어둠을 향해 무기를 겨눴던 무사들은 이내 머쓱한 표정을 지으며 황급히 무기를 거둬들였다.

"아무것도 아닙니다. 바람에 흙먼지가 날린 모양입니다."

"음?"

조장이 고개를 갸웃거렸다.

'바람에 흙먼지가?'

그럴 리 없었다. 겨우 그런 이유로 자신의 수하들이 저렇게 화들짝 놀라며 반응을 보이지 않았을 것이다.
"횃불을 밝혀라."
 조장의 명령이 떨어졌다. 무사들은 화톳불에 기름 묻힌 홰를 넣어 불을 붙인 다음, 조금 전 소리가 들렸던 그 지면 가까이 횃불을 가져다 댔다.
 조장은 무릎을 꿇더니 지면에 얼굴을 박을 정도로 가까이 들이댄 채 엉금엉금 기면서 뭔가를 찾기 시작했다. 어느 한순간, 그의 얼굴이 딱딱하게 굳어졌다.
"역시……."
 지면에 흔적이 남아 있었다. 발끝으로 지면을 힘껏 내디딘 듯한 미세한 자국이 거기 있었다.
 조장은 황급히 몸을 일으키고는 그 발끝 방향이 가리키는 곳으로 시선을 돌렸다. 곤녕궁의 지붕, 그곳에 누군가가 침입한 것이었다.
"비상사태다."
 조장은 낮은 목소리로 수하들에게 말했다.
"갑호(甲號)의 비상령을 발동하도록. 그리고 동창과 금의위의 야간조들이 달려올 때까지 모두 제자리를 지킨 채 적의 동향을 주시하도록 한다."
 그의 지시와 함께 수하 중 한 명이 품에서 호각같이 생긴 물건을 꺼내 힘껏 불었다. 순간 부엉이 우는 소리가 호각에서 흘러나와 밤하늘 멀리 퍼졌다. 바로 갑호의 비상령이 발동한 것이었다.

 부엉이 울음소리를 들은 각 지역의 경비 무사들, 순찰대, 그리고 동창과 금의위의 대응은 그야말로 전광석화 같았다.

 전전대 독주(督主) 양옹이 파면, 감옥에 갇히고 전대 독주 손유섭마저도 석 달 전 좌천한 이후 새로이 동창의 주인으로 임명된 조기승(曹祈承)은 장대평의 선배이자, 주완룡이 어린 시절부터 시중을 들던 노환관(老宦官)이었다.

 황태자의 전폭적인 지지와 신뢰를 받으며 새로운 독주가 된 조기승은 곧바로 동창의 체계를 바꾸기 시작했다. 특히 좌우첩형(左右貼刑)에게 쏠린 권한과 권력을 분산시켜서 부첩형들이 더욱더 많은 책임을 지게끔 했다.

 한편으로 궁내의 경비를 강화하는 데 힘을 쏟아서, 낮과 밤 십이시진(十二時辰) 내내 경비 경계가 돌아갈 수 있도록 만들었다. 저 갑호의 비상령 또한 조기승의 작품이었다.

 갑호의 비상령이 들린 순간, 동창 건물에서 밤을 지새우고 있던 수십 명의 무사가 빠르게 움직이기 시작했다.

 평소 훈련한 대로 몇몇은 상급자들에게 보고하고, 그 보고는 곧바로 황태자 주완룡에게까지 전해졌다. 또 대부분의 야간조 무사들은 곧바로 소리가 들려온 곤녕궁을 향해 달려갔다.

부엉이 울음소리가 들린 지 불과 일각 만에 곤녕궁 인근에는 금의위, 동창, 백화 할 것 없이 백여 명 이상의 무사들이 모여들었다.

서로 다른 조직의 상급자들이 한자리에 모였지만 누구 하나 지휘 계통을 놓고 왈가왈부하거나 갈등을 일으키지 않았다. 이렇게 여러 조직이 합동하여 움직이게 될 경우 금의위의 최고 책임자가 모든 지휘권을 행사하게끔 되어 있었는데, 그 또한 조기승의 작품이었다.

"금의위의 부장(副將) 이안(李安)이라고 하오. 다들 협조 부탁드리오."

금의위 부장인 이안의 깍듯한 인사에 합류해 있던 동창의 부첩형과 백화의 부주(副主) 또한 예를 갖춰 대답했다.

"어려워하지 마시고 수하 다루듯 명령을 내리십시오."

"고맙소."

이안은 곧바로 갑호 비상령을 발동한 이를 찾았다. 경비 조장이 앞으로 나서서 허리를 숙이며 말했다.

"어도(御道) 친위군(親衛軍) 소속 십이총패(十二總牌) 관구종(關九宗)입니다."

친위군은 황궁의 경비를 맡은 부대로 총 십삼 개의 군으로 나누어져 있었다. 그중 어도 친위군은 동궁의 경비를 담당하는 임무를 맡았다.

총패는 오십 명가량의 시위를 지휘하는 자를 가리켰다. 열 명의 시위를 지휘하는 이의 명칭은 따로 소패(小牌)라고도 했다.

"그래, 무슨 일인가?"

이안의 물음에 관구종은 곧바로 그를 한쪽, 횃불을 들고 서 있는 무사들이 있는 곳으로 데리고 갔다. 동창의 부첩형과 백화의 부주도 함께 이동했다.

"여기 누군가 지면을 박찬 듯한 흔적이 있습니다."

관구종은 그렇게 말하며 살짝 불안한 기색이 되었다.

'별것도 아닌 걸 가지고 내가 너무 성급하게 갑호 비상령을 발동한 게 아닌가?'

직접 지붕 위를 조사해 보고 침입자의 유무를 확인하는 게 더 낫지 않았을까, 하는 후회가 들었다.

"잘했네."

지면을 내려다보던 이안이 말했다.

"확실히 상승 고수가 도약할 때 남기는 흔적 같군."

동창의 부첩형 역시 고개를 끄덕이며 동의했다.

"상당한 실력자인 것 같소이다. 보아하니 저 건물에서 뛰어내려 여길 딛고 다시 곤녕궁의 지붕 위로 날아오른 듯한데…… 최소한 십 장 정도는 한 번에 도약할 수 있는 자인 것 같소이다."

"한 번에 십 장의 도약이라면…… 설마 취몽월영이라도 침입한 걸까요?"

백화의 부주가 고개를 갸웃거리며 묻자, 이안은 힐끗 곤녕궁을 돌아보며 천천히 입을 열었다.

"그건 지금부터 확인해 보면 알게 될 것이오."

2. 귀시환혼(歸屍還魂)

"죄송하옵니다, 마마. 아직 초경(初經)의 월수(月水)와 진사(辰砂)가 부족하여 제대로 된 홍연(紅鉛)을 만들지 못하고 있사옵니다. 넉넉한 양의 홍연이 준비되어야만 비로소 귀시환혼(歸屍還魂)의 대법을 시전할 수가 있게 되옵니다."

"아니, 궁내에 병에 걸리지 않은 깨끗한 처녀가 그리 적단 말입니까?"

"송구스럽게도 지금껏 대략 천여 명의 궁녀를 검사했으나 그중 절반 이상이 처녀가 아니었고, 처녀 중 절반은 크고 작은 질병에 시달렸으며, 아쉽게도 남은 처녀 중 대부분이 이미 초경을 끝낸 후였사옵니다."

"그래서요? 이미 때는 무르익었는데 아직 홍연도 준비하지 못했다면 도대체 어느 세월에 내 건(建)이 되살아나는 겁니까?"

"죄송하옵니다, 마마. 우선 아직 초경을 시작하지 않은 북경부의 어린 소녀들을 대대적으로 입궁시켜 그녀들에게서 초경의 월수를 받아 낼 계획이옵니다. 해서 내명부(內命婦)에 급히 새로운 궁중여관(宮中女官) 이백 명이 필요하다고 지시를 내려 둔 상황입니다. 또한 지난 태자비 마마의 사건으로 인해 궁내에서는 쉽게 구할 수 없게 된 홍(汞:수은) 역시 사람들을 풀어 은밀하게 모으는 중이옵니다. 그러니 아무리 늦어도 올해가 가기 전에는 반드시 귀시환혼의 대법을 펼칠 수 있게 될 것입니다."

"올해 안이라…… 그렇다면 건의 귀신 소동은 최소한 그때까지 계속 이어져야 한다는 뜻이겠군요?"

"그렇습니다, 마마. 귀시환혼의 대법이 완성되기 전까지 사람들에게 꾸준히 각인시켜야 하옵니다. 삼황자의 억울한 혼령(魂靈)이 아직 저승으로 가지 못한 채 이승을 떠돌고 있구나, 라고 사람들이 생각하게 만들어야 합니다. 그래야만 귀시환혼을 통해 다시 살아나 거동하시는 삼황자의 모습을 보고 사람들이 그나마 충격을 덜 받게 될 테니까요."

"알겠습니다. 그저 숙부(叔父)만 믿겠습니다. 하지만 숙부께서 말씀하셨던, 그 고묘파 도사라는 작자들은 아직도 믿지 못하겠습니다."

한밤의 곤녕궁(坤寧宮) 〈241〉

"그건 걱정하지 마시옵소서, 마마. 제가 두 눈으로 똑똑히, 한 번 죽었던 고양이가 되살아나서 움직이는 걸 지켜보았으니까요."

"아아, 정말이지 상상만 해도 눈물이 흐르는군요. 다시 우리 건이 몸을 일으켜서 이 어미를 향해 웃을 걸 생각하면…… 아아, 세상에 못할 게 뭐가 있겠습니까? 하늘의 용(龍)을 잡으라면 잡을 것이고 옥황상제의 수염을 뜯으라면 뜯을 것이며 천자(天子)의 심장이 필요하다면 그것도 내다 바칠 수 있습니다. 그러니 숙부."

"네, 마마."

"비록 이 몸이 모든 권세를 잃고서 영어(囹圄)의 몸이 되었다고는 하지만, 그래도 아직 죽지는 않았답니다. 내가 할 수 있는 모든 걸 동원하여 지원해 드릴 터이니, 숙부께서는 반드시 우리 건이를 다시 살려 주셔야 합니다."

"당연하옵니다, 마마. 삼황자를 다시 살릴 수 있다는 확증을 가지지 않았다면 어찌 마마께 이런 이야기를 꺼낼 수 있었겠습니까?"

"숙부의 노고에 진심으로 감사드려요. 우리 건이 차기 황제가 되면…… 그때는 숙부께서 이 나라의 국공이 되셔서 천하를 아래로 두실 겁니다."

"말씀만으로도 송구할 따름이옵니다, 마마."

"음? 밖이 소란스러운 것 같군요."

"아, 잠시 알아보고 오겠습니다."

백발의 노인은 허리를 굽힌 채 천천히 황후의 침소를 빠져나왔다. 복도 천장에 박쥐처럼 매달려 있던 화군악은 황급히 호흡을 멈추고 기척을 숨겼다.

족히 예순은 훌쩍 넘고 일흔 언저리 정도 되어 보이는 노인이었다. 고령에도 불구하고 기골은 장대해서, 마치 수십 년 동안 전장을 누비다가 은퇴한 노장수(老將帥)를 보는 것만 같았다.

복도로 걸어 나온 노인은 대청 입구 쪽에 시립해 있던 시위들을 향해 물었다.

"밖에 무슨 일이 있느냐?"

시위들은 미리 상황을 살펴본 듯 빠르게 대답했다.

"동창과 금의위, 백화의 무리들이 이곳 곤녕궁을 포위하는 중입니다."

일순 노인의 눈빛이 일렁거렸다.

"설마 주완룡이 내가 온 걸 알고 보낸 걸까?"

"확실한 건 알 수가 없습니다만 어쨌든 포위망은 겹겹이 구축할 뿐 안으로 들어올 생각은 하지 못하는 것 같습니다."

"당연하지. 아무리 황후의 권세가 땅으로 떨어졌다고는 하지만 어디까지나 황후는 황후! 일개 무사 따위가 감히 발을 디딜 곳이 아니다."

노인은 눈살을 찌푸리며 중얼거렸다.

"어쨌든 현재 동창과 금의위는 주완룡이 꽉 잡고 있다. 즉, 지금 소동은 주완룡에 의해서 일어난 것……. 어쩌면 우리의 속셈을 눈치챈 것인지도 모르겠구나."

잠시 복도 입구에 서서 머리를 굴리던 노인은 황급히 황후의 침소로 돌아갔다. 침소 앞 복도 천장에 매달린 화군악은 여전히 완벽하게 기척을 죽인 채 침소에서 들리는 대화에 귀를 집중했다.

"동창과 금의위, 백화의 무리가 이곳 곤녕궁 일대에 포위망을 구축하는 중이라 하옵니다."

"음? 그들이 왜? 도대체 무슨 연유로 감히 본 궁 주변에 포위망을 구축할 수 있단 말입니까?"

"아무래도 이 늙은이가 함부로 곤녕궁에 들어선 걸 주완룡이 알아차린 모양입니다."

"허어, 도대체 그 아이는 어디까지 나를 괴롭힐 생각인지……. 그런 불효자는 세상에 둘도 없을 것이야."

황후의 한탄에 잠시 대화가 끊어졌다. 화군악은 귀를 쫑긋거리며 엿듣다가 속으로 황후를 향해 욕설을 퍼부었다.

'불효자는 무슨! 네년 같은 에미에게서 우리 대사형처럼 강직하고 착하며 어진 인물이 태어났다는 게 믿어지지 않을 정도인데 말이다. 하여튼 저 요망한 계집이 얼른 죽어야지 대사형도 마음이 편해질 거야.'

화군악이 그런 생각을 하는 동안 다시 황후가 입을 열었다. 화군악은 황급히 잡념을 지우고 그들의 대화에 집중했다.

"설마 우리 계획까지 눈치챈 건 아니겠지요?"

"확실한 건 알 수 없습니다만…… 아시다시피 워낙 주완룡의 눈치가 빠르잖습니까? 게다가 놈에게는 수많은 쥐새끼와 박쥐들이 들러붙어 있어서, 그의 명령이라면 이곳 곤녕궁 침소까지 잠입하여 우리의 대화를 엿들을 수도 있으니까요."

노인의 말에 화군악은 일순 눈을 휘둥그레 떴다.

'어라? 마치 내 기척을 눈치챈 듯 말하는데?'

바로 그때였다.

대청 쪽에서 서늘한 바람이 이는가 싶더니 어느새 날카로운 살기가 화군악의 전신을 노리고 파고들었다.

'헉!'

화군악은 저도 모르게 헛바람을 집어삼켰다. 방금까지만 하더라도 대청 입구에 서 있던 시위들이, 어느새 몸을 날려 화군악을 향해 검을 날린 것이었다.

'분명 경계를 하고 있었는데?'

화군악은 천장에 거꾸로 매달린 그대로 복도로 떨어졌다. 세 명의 시위가 내뻗은 검의 방향이 동시에 수직으로 꺾이며 화군악의 배와 얼굴에 내리꽂혔다.

화군악의 표정이 굳어지는가 싶더니, 이내 그의 신형이 달빛 아래 흩어지는 안개처럼 사방으로 흩어져 자취를 감췄다. 순간적으로 화군악의 모습이 시야에서 사라졌지만 시위들은 전혀 당황하지 않았다.

"호오!"

그들은 낮은 탄성을 흘리며 곧장 대청 쪽으로 몸을 날렸다. 그러고는 월령혼무보(月靈混霧步)의 보법을 밟아 단숨에 대청으로 도망친 화군악을 품자(品字)로 에워쌌다.

'일개 시위가 아니다!'

외려 놀라고 당황한 건 화군악이었다.

그들이 보여 준 전광석화와 같은 쾌검이나 순간적으로 방향을 틀어 수직으로 내리찍는 임기응변의 묘나 지금처럼 눈이 아닌 귀와 코를 통해서 자신의 종적을 뒤쫓는 모습을 보건대, 이들 세 명의 시위는 최소한 당경을 지나 노경에 이른 절정 고수임이 분명했다.

'도대체…… 이 정도 고수를 시위로 두는 저 노인의 정체는 과연 뭘까?'

화군악은 세 명의 시위를 둘러보며 머리를 굴렸다.

'황후가 숙부라 했으니 황후의 외척(外戚)일 가능성이 농후하다. 한편 고묘파 도사를 끌어들였다고 했으니 무림과도 연관이 깊다.'

그리고 무림과도 연관이 깊다면, 어쩌면 이 세 명의 시위 또한 무림인이 아닐까.

당연히 시위들은 화군악과 달리 복면을 두르지 않았다. 얼굴만 보자면 아무리 많이 잡아도 마흔은 되지 않은, 삼십 대 초중반의 사내들이었다.

'저 나이에 당경의 경지라…….'

화군악의 눈빛이 반짝였다.

그는 강호 무림에서 이 정도 검술을 펼치는 제자들이 있는 문파를 여럿 알고 있었다.

무당파가 그중 하나였다. 무당파가 속한 오대검파(五大劍派)도 충분히 가능했다. 신흥 검파인 형문파도 어쩌면 가능할 수 있었다.

'어쨌든 좋게 끝날 수는 없게 되었나?'

화군악은 내심 한숨을 쉬었다.

그야말로 첩첩산중인 셈이었다. 안에는 오대검파의 당경급 고수들에게 포위를 당했고, 밖으로는 동창과 금의위, 백화들에게 포위를 당했다. 최대한 소동 없이 소란 없이 빠져나가는 건 애당초 그른 셈이 되었다.

3. 삼신포호진(三神捕虎陣)

화군악은 천천히 품에 손을 넣었다. 지금 그에게 있는

무기는 오직 단검 한 자루뿐이었다. 애병 군혼은 행여 자신의 정체가 발각될 수 있어서 환관 장대평에게 맡기고 대신 건네받은 게 바로 이 품 안의 단검이었다.

 화군악이 단검을 꺼내 들자 세 명의 중년 사내들의 무표정한 얼굴에 비웃음과 조롱의 빛이 스며들었다. 겨우 그걸로 감히 자신들을 상대할 수 있겠느냐는 오만함과 멸시의 눈빛이 흘러나왔다.

 화군악은 소리 없이 웃었다. 그러고는 왼손을 들어 까닥거렸다. 마치 어디 공격할 수 있으면 해 보라는 듯한 시늉이었다.

 사내들의 표정이 달라졌다. 그들이 뿜어내는 투기와 기세도 변했다. 그들은 자세를 살짝 낮추고는 한 차례 사선으로 검을 긋는가 싶더니 이내 검 끝으로 정면을 가리켰다. 어디 견딜 수 있으면 견뎌보라는 듯한 모습이었다.

 그건 참으로 기묘한 광경이었다.

 화군악이나 시위들이나 누구 하나 입을 열어 말하지 않고 있었다. 지금 이 대청의 소동과 소란이 저 밖을 포위하고 있는 자들에게 들키면 큰일이라도 난다는 것처럼, 마치 암묵의 동의라도 한 듯 단 한마디도 섞지 않은 채 그저 눈과 표정만으로 대화를 나누고 있었다.

 바로 그때였다.

 "청성파(靑城派)의 고수들이 이 머나먼 북경부까지 어

인 일일까?"

화군악이 처음으로 입을 열었다.

그는 세 사내가 무심코 펼친 기수식(起手式)을 본 순간 시위의 정체를 파악한 것이다.

화군악의 말에 시위들은 움찔거렸다.

기수식은 싸움에 임하거나 비무, 대련을 시작하기에 앞서 매번 펼치는 예법이자 준비 동작으로, 각 문파마다 그 기수식이 서로 달랐다.

수십 년 동안 검을 휘두르면서 무의식적으로, 본능적으로 시전했던 기수식이었기에, 이번에도 사내들은 아무 생각 없이 자신들의 소속이 어디인지 말해 주는 동작을 취하고 만 것이었다.

"헛다리를 짚는구나."

우측에 서 있던 사내가 음산한 목소리로 낮게 말했다.

"내가 청성파 제자라면 굳이 네놈에게 내 신분을 밝힐 기수식을 펼쳤을까?"

화군악이 피식 웃으며 말했다.

"애당초 그리 변명하는 것부터가 잘못된 거야. 행여 그대들이 청성파 제자가 아니었다면 내가 오인하도록 가만히 놔두었을 테니까."

그들은 살기 가득 찬 눈빛으로 서로를 노려보며 대화를 나누고 있었지만, 여전히 바깥에 들리지 않도록 목소리는 낮춰 말하고 있었다.

화군악의 말에 입을 열었던 사내는 재차 움찔거렸고, 다른 두 사내는 힐난의 눈빛으로 사내를 바라보았다. 사내는 다시 어깨를 으쓱거리며 말했다.

"내가 어느 문파의 제자인지는 상관없다. 어차피 네놈은 이 자리에서 죽을 테니까."

"호오. 역시 청성파 제자라는 걸 시인하는군. 그래, 좋아. 죽을 때는 죽더라도, 왜 천하의 청성파가 건곤가의 개가 되어 움직이는지 궁금하군그래."

"헛, 그걸 어찌……."

사내가 이번에도 흠칫거릴 때, 또 다른 사내가 위협하듯 낮은 목소리로 으르렁거렸다.

"우리는 건곤가의 개가 아니다."

첫 번째 사내는 그제야 정신을 차리고 고개를 끄덕였다.

"우리는 건곤가에 대해서 전혀 알지 못한다."

'호오, 재미있네.'

화군악의 눈가에 흥미의 빛이 일렁거렸다.

행동이나 말하는 걸 보건대 세속의 때에 전혀 물들지 않은 듯했다. 교활하지도 언변이 뛰어나지도 않았으며, 사람을 속고 속이는 일에도 적절하게 대처하지 못했다.

즉, 다시 말해서 이들은 강호를 돌아다니며 사람을 대한 경험이 적다는 뜻이었고, 청성파 본산에서만 오랫동안 수련해 왔던 이들이라는 의미였다.

'굳이 강호 경험이 부족한 이들을 이곳 북경부로 보내 노인의 시위 노릇을 맡긴 건…….'

누군가 이들이 청성파의 제자임을 알아보지 못하기 위함일 것이고, 또 그런 중책을 맡길 만큼 이들의 실력이 강하기 때문일 터였다.

화군악은 힐끗 복도 쪽으로 시선을 돌렸다. 여전히 황후의 침소는 굳게 닫혀 있었다. 이들 세 시위의 실력을 단단히 믿고 있는 것이리라.

화군악은 다시 사내들을 돌아보며 낮은 목소리로 물었다.

"굳이 크게 소란을 일으킬 필요는 없지 않을까?"

첫 번째 사내가 망설이다가 고개를 끄덕였다. 화군악도 고개를 끄덕이며 말을 이었다.

"그럼 딱 일 합으로 승부를 가리자. 만약 내가 진다면 순순히 항복하겠어."

"알았다."

"어라, 그대들이 패할 때는 어찌할지 왜 물어보지 않고?"

"우리가 질 리가 없으니까."

사내의 당연하다는 말투에 화군악은 피식 웃으며 말했다.

"좋아. 어디 한번 청성파의 검이 그 입담만큼이나 매서운지 확인해 봐야겠군."

"우리는 청성파……."

사람이 아니라니까, 하고 말하려던 사내는 곧 고개를 홰홰 내저으며 입을 다물었다. 대화를 나누면 나눌수록 왠지 저 복면인의 분위기에 휩싸이는 것 같았다.

사내가 입을 다물고 검을 고쳐 쥐는 순간, 사내들의 분위기가 일변했다.

첫 번째 사내는 단단한 바위가 같았고, 왼쪽의 사내는 바람처럼 느껴졌고, 뒤쪽의 사내는 그림자처럼 기척이 희미해졌다. 세 개의 서로 다른 분위기와 느낌이 순식간에 화군악의 사방을 옭아매기 시작했다.

'오호라, 이게 청성파의 그 유명한 삼신포호진(三神捕虎陣)이로구나!'

화군악은 두 눈을 부릅뜨며 세 사내의 움직임을 주시했다.

삼신포호진은 말 그대로 세 명의 산신(山神)이 산중대왕 호랑이를 에워싼다는 진법으로, 청성파가 자랑하는 합격술 중 하나였다.

화군악이 과거 아래향으로부터 전해 들은 강호의 대소문파에 대한 이야기 중에서 당연히 청성파의 삼신포호진에 관한 내용도 있었다.

―한때 청성산(靑城山)에 식인 호랑이가 있어서 그 누구도 산을 넘을 수가 없었단다. 그 식인 호랑이를 잡기 위해서 무수히 많은 무림인이 나섰지만 외려 호랑이밥이

되었지. 그걸 보다 못한 청성산의 산신 세 분이 직접 식인 호랑이를 사로잡아 자신들의 신수(神獸)로 삼았단다. 그때 펼친 진식이 바로 삼신포호진이란다.

 화군악의 눈빛이 초롱초롱 빛나는 건 당연한 일이었다. 야래향으로부터 이야기를 들은 이후 늘 품고 있었던, 과연 어떤 식으로 그 세 명의 산신은 식인 호랑이를 사로잡았을까 하는 궁금증이 풀리는 순간이었으니까.
 화군악은 자신이 한 마리 식인 호랑이가 된 것처럼 한껏 자세를 낮추고 살기를 뿜어냈다. 그의 단도는 곧 호랑이의 엄니이자 발톱이었다.
 일순 바위가 먼저 움직였다. 사내는 빠르면서도 호쾌하게 검을 휘두르며 화군악의 정면으로 부딪쳐 왔다. 화군악은 한 걸음도 움직이지 않은 채 단도를 들어 그의 검을 막았다.
 단도와 검이 부딪치면서 챙! 하는 소리가 울리려는 순간, 바위처럼 단단해 보이는 사내는 검의 방향을 바꿔 화군악의 손목을 베려 했다. 일순 사내의 얼굴은 당황한 기색으로 가득 찼다.
 '이건?'
 사내는 마치 자석에라도 달라붙은 듯 화군악의 그 조그만 단검에 달라붙은 자신의 검을 조금도 움직일 수가 없었던 까닭이었다.

 그렇게 바위가 당황해하는 순간, 이번에는 바람이 화군악의 옆구리를 향해 파고들었다. 손을 들어 올려 검을 막느라 그대로 허점이 드러난 오른쪽 옆구리로 푸른 바람처럼 살랑거리는 청풍(靑風)의 검이 찔러 왔다.

 화군악은 그제야 한 걸음 움직였다. 단 한 걸음, 그것으로 바람의 검은 허공을 찔렀고 화군악은 왼손을 뻗어 월령수타십이박의 수법으로 바람의 손목을 잡아 비틀었다. 그 한순간의 충격과 고통을 견디지 못한 사내는 저도 모르게 검을 떨궈야만 했다.

 '헉!'

 바람의 사내가 헛바람을 집어삼켰다. 자신의 손목을 낚아챈 화군악의 손아귀는 그야말로 강철처럼 단단해서 그 어떤 금나수로도 빠져나갈 수가 없었던 것이었다. 외려 반항하면 반항할수록 더욱 강렬하고 맹렬하게 옥죄이는 바람에 사내의 손목은 그대로 가루가 될 것만 같았다.

 그 순간, 화군악의 등 뒤에 숨듯 자취를 감췄던 그림자가 불쑥 튀어나왔다. 동시에 수십 가닥의 살기가 한순간에 화군악의 뒤통수와 등을 향해 폭사했다.

 눈 깜짝할 사이에 화군악의 전신이 난도질을 당해 갈기갈기 찢어질 듯한 상황!

 하지만 그보다 먼저 화군악은 몸을 돌리며 왼손으로 잡

고 있던 바람을 앞으로 내밀었다. 화군악의 손아귀에서 빠져나오지 못하고 허둥거리던 사내는 방패처럼 화군악을 막아섰고, 그 바람에 화들짝 놀란 그림자는 황급히 검의 방향을 바꿔야만 했다.

화군악은 그 순간의 틈을 놓치지 않았다. 먼저 그는 자신의 단검에 태극문해의 묘리를 담아 바위 같은 사내의 검을 내리쳤다.

쩌엉! 하는 울림과 함께 사내의 검은 산산조각이 났고, 그 울림은 검자루를 쥐고 있던 사내의 손과 팔과 어깨를 크게 뒤흔들었다.

"큭!"

짧은 신음이 사내의 입에서 흘러나오는 순간, 화군악은 몸을 돌리며 원앙각(鴛鴦脚)의 일격을 펼쳤다. 화군악의 섬전처럼 빠른 두 다리가 허공을 교차하며 사내의 복부를 강타했다.

펑! 펑!

북소리가 터져 나오면서 사내는 허공을 날아 대청 문을 박살 내더니 그대로 대청 밖으로 나가떨어졌다.

동시에 화군악은 왼손으로 잡고 있던 사내를 힘껏 대청 밖으로 내던졌다. 사내는 황급히 세류표(細柳飄)의 경공술을 펼치려 했지만 전혀 움직일 수가 없었다. 어느새인가 화군악이 그의 마혈을 제압했던 까닭이었다.

바람의 사내는 바위의 사내가 박살 낸 문을 통해 그대로 대청 밖으로 날아갔다.

"이, 이런……."

직접 보고도 믿을 수 없는 광경에 놀란 그림자의 사내가 말을 더듬는 순간, 화군악은 어느새 그의 등 뒤로 돌아가 견정혈을 제압하고 있었다.

"생각보다 훨씬 정정당당한 진법이더군, 삼신포호진이라는 게. 하지만 그걸로는 이 험한 무림에서 버틸 수가 없다고."

화군악은 그렇게 중얼거리면서 사내의 등을 힘껏 걷어찼다. 사내 또한 비명도 지르지 못한 채 박살이 난 문을 통해 데구루루 굴러떨어졌다.

일시에 대청 밖이 요란해졌다. 콰앙! 하는 요란한 소리와 함께 대청의 문이 박살 나나 싶더니 거의 동시에 세 명의 사내가 대청 밖으로 날아들고 굴러 나온 것이다.

당연히 곤녕궁 일대를 포위하고 있던 이들이 시선이 모두 그들에게 집중될 수밖에 없었다.

"함부로 덤비지 마라!"

"누구냐, 네놈들은?"

사람들이 우르르 대청 앞으로 몰려드는 기척과 함께 온갖 고함이 들려왔다.

그렇게 모든 이들의 경계심이 대청 앞쪽으로 쏠릴 때,

대청 뒤쪽으로 돌아간 화군악은 조그맣게 구멍을 뚫고 내려왔던 지붕 위로 훌쩍 몸을 날렸다. 그의 신형은 곧 어둠과 동화했고, 남은 건 대청 앞 계단에 나가떨어진 세 명의 사내와 그들을 에워싼 무사들이었다.

9장.
만박거사(萬博居士)

"오대검파 중 하나로 손꼽히는 문파인 동시에 또 전진파와 모산파와 더불어 기환이술(奇幻異術)을 다루는 삼대 도파(道派) 중 한 곳이지."

만박거사(萬博居士)

1. 소독아(少毒牙)

"병부상서(兵部尙書)의 시위들이었습니다."

금의위 부장 이안은 무릎을 꿇고 고개를 숙인 채 어젯밤 상황에 대해서 보고하였다.

"병부상서께서 황후 마마의 급한 호출을 받고 곤녕궁에 출입하면서 함께 대동한 자들이라 합니다."

주완룡은 태사의 팔걸이에 몸을 실은 채 고개를 갸웃거리며 물었다.

"급한 호출이라니?"

"황후 마마의 사적인 일이라 감히 함부로 이야기할 수 없다 했습니다."

"허어, 그것참 고약한 일이로구나."

주완룡은 가볍게 눈살을 찌푸렸다.

병부상서는 정이품의 직급으로, 군관의 임명, 승진, 군령 이동, 출병 등을 관리하고 책임지는 병부(兵部)의 최고 권력자였다.

그리고 현 황후의 친숙부로, 평락백(平樂伯)의 작위를 지녔으며 성씨는 진(陳), 이름은 숙회(肅匯)라 하였다. 태자비의 독살 사건 이후로 손과 발이 꽁꽁 묶인 황후의 가장 큰 조력자인 한편, 아직까지 남아 있는 반(反)주완룡 세력의 우두머리라 할 수 있는 자가 바로 그였다.

"외숙조(外叔祖)께서 그 야심한 시각에 곤녕궁을 출입하셨다라……. 그것도 어마마마의 개인적인 일이라 밝힐 수 없는 내용이라……. 흐음, 뭔가 고약한 냄새가 나는 것 같지 않느냐?"

주완룡의 말에 이안은 심장이 두근거려 쉽게 대답하지 못했다.

"죄, 죄송합니다만 속하가 감히 함부로 예단하여 말할 수 없는 일이라고 생각합니다."

"허허. 그래. 괜찮다. 그대에게 물어본 게 아니니까."

주완룡은 웃으며 고개를 돌렸다.

장대평 등 환관과 함께 서 있던 화군악은 자신을 향한 황태자의 시선에 황급히 고개를 숙였다. 이안과는 또 다른 이유로 심장이 두근거렸다.

주완룡은 한 차례 빙긋 미소를 지은 후 다시 이안을 돌아보며 말했다.

"계속 보고하라."

"네, 전하. 병부상서께서 나오기 전까지 그들 세 명의 시위를 문초했으나, 그들이 왜 대청의 문을 박살 내면서 밖으로 날아왔는지 아무런 대꾸도 하지 않았습니다. 형옥으로 끌고 가서 마저 문초하려 했으나, 병부상서께서 허락하지 않는 바람에 결국 그들을 놓아줄 수밖에 없었습니다."

이번에도 주완룡의 시선이 화군악에게로 향했다. 은근 슬쩍 주완룡의 눈치를 보던 화군악은 이번에도 빠르게 고개를 숙여 그와 눈을 마주치지 않으려 했다.

"황후 마마께서는 이번 사건에 대해 따로 말씀하지 않으셨습니다. 그리고 부서진 문은 내관감에서 내일 아침까지 보수하기로 했습니다."

이안의 보고는 그것으로 끝났다.

"고생했다. 어제 근무했던 자들에게는 각 직급에 맞춰서 격려금을 보낼 터이니 장 태감과 함께 이야기하도록 하라."

주완룡의 말에 이안은 기뻐하며 고개를 숙였다.

"전하의 은혜에 감사드립니다."

이안이 떨리는 가슴을 애써 진정시키며 장대평과 함께 퇴청하자, 주완룡은 다른 환관들을 모두 물리친 후 화군악과 독대했다.

"할 말이 없느냐?"

주완룡이 묻자 화군악은 머뭇거리다가 풀 죽은 표정을 지으며 사실대로 말했다.

"죄송합니다. 어젯밤의 소동은 다 이 못난 아우가 저지른 일입니다."

"그럴 줄 알았다."

주완룡은 잔잔한 미소를 머금은 채 말했다.

"내가 그토록 조심스레 행동하라 하지 않았더냐? 이번 일로 어마마마는 물론 그 주변 인물들 모두 더욱 경계를 강화할 것이다."

"죄송합니다. 전혀 들키지 않고 빠져나올 자신이 있었는데…… 의외로 그 병부상서인가 뭔가 하는 늙은이의 눈썰미가 대단해서……."

"허어, 그 병부상서인가 뭔가 하는 늙은이는 내 외숙조이시다. 말을 가려 하도록 하라."

"죄송합니다."

화군악은 거듭 사과하다가 문득 오기가 솟은 듯 고개를 들며 말을 이었다.

"하지만 어제 일로 인해서 귀신 소동의 전모를 모두 알아냈습니다."

"흐음, 말해 보라."

주완룡의 호기심 담긴 표정에 화군악은 의기양양하여 어젯밤 보고 들은 그대로를 이야기했다. 화군악의 이야기가 끝날 때까지 주완룡은 여전히 미소를 지우지 않았으나, 그의 눈빛은 천천히 서늘하게 바뀌었다.

이윽고 화군악의 설명이 끝났다. 주완룡은 한숨을 쉬며 고개를 설레설레 흔들었다.

"허어, 귀시환혼의 대법이라니…… 어쩌자고 아직도 그런 몽매(蒙昧)한 이야기에 현혹되실까?"

화군악은 주완룡의 눈치를 살피며 입을 열었다.

"몽매한 이야기라고 하기에는…… 강호에서는 확실히 일반적인 상식으로는 도저히 상상할 수 없는 일들이 벌어지니까요. 가령 강시도 그렇잖습니까? 게다가 차시환혼(借屍還魂)의 술법도 있는 마당에 귀시환혼의 술법이 없으리라는 보장은……."

"흠, 차시환혼의 술법을 본 적이 있더냐?"

"아뇨. 제가 직접 본 적은 없습니다만 사부께서 보신 적이 있다고 말씀하셨습니다. 설마 사부께서 제게 거짓말을 할 리는 없잖겠습니까?"

"호오."

주완룡은 턱을 괴며 잠시 상념에 잠겼다. 화군악은 계

속해서 말을 이어나갔다.

"어쨌든 그 못된 늙은 계집…… 아니, 죄송합니다. 황후 마마의 계획을 무너뜨리려면 내명부인가 뭔가 하는 곳에서 어린 궁녀들을 뽑지 못하게 해야 합니다. 또한 병부상서를 조사하여 그 주변에 있을 고묘파 도사들을 색출, 제거해야 합니다. 마지막으로 청성파 같은 무림의 문파가 더는 황궁의 일에 관여하지 못하도록 엄한 조치를 취해야 한다고 생각합니다."

화군악은 어젯밤 이후 생각했던 해결 방안에 대해서 일목요연하게 이야기했다.

주완룡은 반쯤 눈을 감은 채 화군악의 계획을 듣다가 뭔가 궁금한 대목이 생긴 듯 불쑥 입을 열었다.

"청성파라면 사천에 있는 명문 검파가 아니더냐?"

"그렇습니다. 구파일방 중 한 곳으로 그 유명세는 결코 건곤가에 뒤지지 않습니다. 그런데 어찌하여 그들이 건곤가의 주구(走狗)가 되었는지 모르겠습니다."

화군악은 고개를 저으며 대답했다.

병부상서 진숙회의 주변에 고묘파 도사가 있다는 건 곧 그가 건곤가와 연관이 되어 있다는 뜻이었다. 그리고 건곤가와 관련된 자의 호위를 청성파 제자들이 맡고 있다는 건 역시 청성파와 건곤가가 모종의 밀약(密約)을 맺었다는 의미였는데, 화군악은 당연히 건곤가가 갑(甲)일 테고 청성파가 을(乙)이라고 생각했다.

 '하지만 청성파가 왜?'

 그 부분에 관해서는 밤새도록 머리를 굴려도 도저히 추측되지 않았다. 역시 청성파나 건곤가에게 직접 물어보는 수밖에 없었다.

 그때였다.

 "청성파라면 나도 잘 알고 있다."

 주완룡이 입을 열었다.

 "오대검파 중 하나로 손꼽히는 문파인 동시에 또 전진파와 모산파와 더불어 기환이술(奇幻異術)을 다루는 삼대 도파(道派) 중 한 곳이지."

 "네?"

 화군악의 눈이 휘둥그레졌다. 청성파가 검으로 유명한 건 익히 알고 있었지만 기문둔갑 등 부록(符籙)과 주술(呪術)에도 능하다는 건 처음 들어 보는 이야기였다.

 "허허, 그건 그대의 사부도 이야기해 주지 않았나 보구나."

 주완룡의 말에 화군악은 살짝 얼굴을 붉혔다. 계속해서 주완룡의 말이 이어졌다.

 "원래 청성파는 무당파에 버금가는 유명한 도파였지. 처음에는 검보다 부록, 주술을 연구하고 연단술(鍊丹術)을 통해 불사(不死)의 경지에 오르고자 했던 이들이었다.

백여 년 전까지만 하더라도 그들이 제조한 선단(仙丹)이 황제의 식탁 위에 오를 정도였으니까."

"이야, 그건 처음 들어 보는 이야기입니다."

화군악이 눈을 반짝이며 주완룡의 다음 말을 기다렸다.

"하지만 그 약효를 보지 못한 선대(先代) 황제들은 곧 다른 도파의 선단을 찾기 시작했고, 결국 청성파는 부록과 주술을 버리고 검을 닦기 시작했네. 그게 백여 년 전의 일이었고, 이후 청성파는 오대검파 중 하나로 우뚝 서게 되었지."

"호오, 그렇게 보자면 청성파 도사들은 다들 천재인 모양입니다. 불과 백여 년 만에 무당파나 화산파에 버금가는 검파(劍派)로 자리하다니 말이죠."

화군악은 감탄하듯 말하다가 문득 고개를 갸웃거렸다.

"그런 천재들조차 결국 부록, 주술은 물론 연단술까지 포기했으니 꽤 안타까웠겠군요. 무엇보다 황제가 그들의 선단을 거부하고 다른 도파의 것을 선택했으니까요. 그리고 그 안타깝고 분한 마음은 백여 년의 세월 동안 가시지 않은 채 대(代)를 이어 내려왔을 테고…… 건곤가에서 고묘파 도사들을 데려오자…… 아! 그렇게 된 일이었나 봅니다!"

화군악은 홀로 중얼거리다가 문득 깨달은 바가 있는 듯 크게 소리치며 흥분했다.

"청성파가 건곤가와 맺은 밀약의 내용이 무엇인지 대충 알 것 같습니다. 아마도 건곤가 측에서 고묘파의 부록술과 연단술 등을 청성파에게 넘기겠다는 제안을 한 듯합니다. 반면 청성파는 자신들의 무력을 건곤가에게 빌려 주는 거구요!"

"허어, 소리 좀 낮추거라. 아직 귀먹을 나이가 아니다."

"아, 죄송합니다."

화군악은 재차 사과한 후에도 여전히 흥분이 가시지 않은 듯 살짝 붉어진 얼굴로 계속해서 말을 이어나갔다.

"어쩌면 건곤가는 그와 비슷한 밀약을, 청성파 뿐만 아니라 다른 구파일방, 신주오대세가에게도 했을지 모릅니다. 거기에다가 담 형님의 말씀대로라면 종리군 그 녀석도 이미 건곤가와 손을 잡고 있을 확률이 매우 높다고 했으니……"

열심히 말하던 화군악이 문득 입을 다물었다. 빨갛게 달아올랐던 그의 얼굴이 순식간에 창백해졌다.

이건 생각보다 더 큰 일이었다.

새외팔천이 국경 밖에서 준동하고 무림의 일족(一族)이 국경 안에서 내분을 일으킨다면……

"왜? 게서 말을 멈추는 게지?"

주완룡은 여전히 태사의 한쪽 팔걸이에 턱을 괸 채, 차분하고 냉정한 눈빛으로 화군악을 바라보며 물었다. 화군악은 저도 모르게 말을 더듬었다.

"그, 그러니까 지금부터는 감히 제가 함부로 예단해서 말할 수 없는 내용인 것 같습니다."

"훗."

주완룡은 저도 모르게 웃음을 흘렸다. 금의위 부장 이안이 했던 말을 그대로 따라 한 화군악의 임기응변이 마음에 든 모양이었다.

"너무 걱정하지 마라."

주완룡은 부드러운 어조로 말했다.

"겨우 그 정도로 흔들릴 나라였다면 벌써 망해도 몇 번은 망했을 테니까."

화군악은 마땅히 대꾸할 말을 찾지 못한 채 그저 고개만 숙이고 있었다.

시장통 쓰레기더미에서 살아남은 소독아(少毒牙)가 참견하고 끼어들기에는, 너무나 일이 커지고 복잡해진 것이다. 그랬다. 황태자와 독대하여 나라의 운명(運命)을 논하기에는, 화군악은 여전히 어리고 보잘것없는 소독아일 뿐이었다.

2. 사위를 위해서라도

오래간만에 고향에 돌아온 양위의 심사는 복잡할 수밖

에 없었다. 감회도 감회이거니와 무엇보다 자신을 배신하고 불륜을 저질렀던 아내의 소식을 전해 들은 까닭이었다.

 양위의 아내 송자화는 양위의 직속 수하였던 부순찰당주 오극사와 불륜의 관계를 맺고는 두 사람이 함께 북해의 보물 북해빙정을 훔치고자 했었다.

 하지만 강만리의 활약으로 결국 그러한 사실이 만천하에 드러났고, 양위는 그들이 어떤 벌을 받았는지 모르는 채 강만리와 예예의 호위를 맡아 북해빙궁을 떠났다.

 물론 그 후에도 알려면 충분히 알 수 있는 상황은 여럿 있었다. 북해궁주와 유화부인이 사천 성도부를 방문했을 때도 그러했고, 또 정기적으로 빙궁과 연락을 주고받는 편에 한 문장만 더 쓰면 되는 일이었으니까.

 그러나 양위는 굳이 알려 하지 않았고, 또 지인들이나 북해빙궁 사람들 역시 그가 물어보지도 않는데 괜히 말할 수는 없었다.

 그렇게 세월이 흘렀고, 수년이 지난 지금에 와서는 양위의 마음도 상당히 풀어져서 당시의 상황과 정면으로 마주 설 마음의 준비가 되었다.

 빙궁에 들어선 지 며칠 시간이 흘러, 화평장 사람들이 어느 정도 이곳 생활에 익숙해지고 나서 양위는 자신의 옛집을 찾아갔다.

그의 옛집은 사람 사는 흔적은 보이지 않았으나 꾸준히 관리하는 이가 있는지 생각보다 깔끔하게 정리되어 있었다.

양위는 잠시 객청과 방 이곳저곳을 서성이며 둘러보고 나오다가 우연히 옆집 아낙네와 마주쳤다. 양위는 머뭇거리다가 조심스레 양소화의 근황을 물었고, 여인은 고개를 숙인 채 낮은 목소리로 소곤거렸다.

"자결했다고 합니다, 양 당주께서 궁을 떠나신 직후에."

"으음."

"오 부당주는 끝까지 자신의 죄를 인정하지 않다가, 결국 사지절단(四肢切斷)의 형을 받고 목숨을 잃었습니다."

"고맙소이다."

전혀 알고 싶지 않은 오극사의 상황까지 알게 된 양위는 그렇게 감사의 인사를 표한 후 자리를 떴다.

내궁으로 돌아오는 양위의 표정은 그야말로 복잡미묘했다. 후련하기도 안타깝기도 아쉽기도 애잔하기도 한, 그야말로 딱 뭐라 정의를 내릴 수 없는 감정들이 그의 얼굴 가득 스며들었다.

하지만 내궁에 들어서는 순간, 양위는 언제 그런 표정을 지었느냐는 듯 원래의 모습으로 되돌아왔다. 그리고 언제나처럼 수하들을 진두지휘하여 대규모 공사를 진행했고, 또 화평장과 고묘파 도사들의 수발을 들었다.

예상외로 고묘파 사람들의 인기는 하늘을 찔렀다.

사실 은거 이후 폐쇄적이고 은둔의 삶을 살아가던 그들이었기에 이곳 북해빙궁의 거친 사람들-여진족을 포함한- 사이에서 제대로 안정된 생활을 할 수 있을까 걱정하는 이가 대부분이었다.

그러나 고묘파 도사들이 그들을 환영하는 잔치 와중에 펼친 잡기와 잡술은 빙궁의 아이들은 물론, 여진족과 빙궁의 사람들까지 모두 사로잡았다.

동물의 울음소리를 흉내 내고 얼굴이 수십 차례 바뀌고 땅에서 불쑥 사람이 튀어나오는 등의 기적과도 같은 술법들은 특히 어린아이들의 환성을 자아내기에 충분했다.

그날 이후로 고묘파 도사들은 아이들의 영웅이 되었고, 그들이 길을 나서면 삽시간에 수십, 수백 명의 아이들이 졸졸 그들의 뒤를 따르는 일이 빈번하게 되었다.

고묘파 도사들은 기꺼운 마음으로 아이들과 함께 놀아 주었고, 또 몇몇 자질이 보이는 아이들을 제자로 받아들이기까지 했다.

그 때문일까. 늘 술만 찾던 도사들의 얼굴은 새로운 활력으로 밝게 빛났으며, 그 피부마저 좋아져서 마치 회춘이라도 한 양 대부분 유명촌 시절 때보다 훨씬 더 젊게 보였다.

헌원 노대의 축성(築城)도 상당한 진척을 보이고 있었다. 망루와 해자, 보루(堡壘)와 포대(砲臺)가 하나둘씩 모습을 드러냈다.

당혜혜와 정소흔의 활약도 만만치 않았다. 그녀들의 지휘 아래 빙궁 곳곳에 기관진식이 설치되었으며 온갖 함정들이 만들어졌다.

또한 예전 화평장 일대에 설치했던 거대한 기문진은 아니었지만, 규모는 작으면서도 훨씬 더 세밀하고 촘촘하게 짜인 기문진을 여러 개 설치함으로써 더욱더 큰 효과를 얻게끔 구성하였다.

그렇게 화평장 사람들과 고묘파 도사들이 각자의 자리와 위치에서 제 할 일을 해내고 있을 때, 담우천이 보름 만에 빙동에서 나와 빙룡왕을 접견했다.

보름 내내 벽곡단과 약간의 물만으로 끼니를 때운 담우천의 몰골은 그야말로 뼈만 남아 해골과도 같았다.

하지만 그의 눈빛은 더욱더 깊게 갈무리가 되었으며 표정도 한없이 온화해진 것이, 마치 수십 년 고행을 쌓은 수행승(修行僧)과 같은 분위기였다.

"많은 도움이 되었습니다. 감사합니다."

담우천이 고개를 숙이며 감사의 뜻을 표하자, 빙룡왕은 말없이 고개를 끄덕였다. 내상은 치료되었는지 빙정의 효능은 어디까지 얻었는지 한 마디도 묻지 않은 채 그저 평소와 같은 얼굴과 표정으로 무뚝뚝하게 말했다.

"동료들이 기다리고 있네. 가 보게나."

담우천은 강만리 일행이 머무는 영빈청으로 향했다. 늦은 점심을 먹고 차 한잔의 여유와 대화를 나누고 있던 강만리와 형제들, 부인들은 객청 문을 열고 들어오는 담우천의 모습에 자리에서 벌떡 일어났다.

사람들은 꽤 오랫동안 담우천과 이야기를 나누고 싶었지만 강만리가 그들을 제지하며 말했다.

"오늘은 푹 쉬시죠. 이야기야 나눌 시간이 얼마든지 있으니까요."

"고맙네. 안 그래도 조금 피곤했던 참이네."

담우천은 곧바로 나찰염요와 함께 이 층으로 향했다.

그렇게 담우천까지 건강을 회복하고 빙동에서 나오게 되면서 강만리들은 더욱 바쁘게 움직이기 시작했다.

특히 강만리는 정신이 없을 정도로 이리 뛰고, 저리 뛰어다녀야만 했다.

그는 헌원 노대와 일노가 이끄는 축성 작업도 확인해야 했으며, 당혜혜들의 기관진식도 어느 정도 진행이 되어 가는지 살펴야 했다.

또 만해거사와 구 당주의 연단술도 챙겨 봐야 했으며, 그런 와중에 여진족의 움직임까지 주시해야만 했다.

"우선 다섯 종족의 대추장들에게 연락하여 만날 약속을 정하는 중이에요."

유화부인의 말이었다.

그나마 천만다행인 건 바로 그녀의 존재였다. 과거 가장 큰 세력을 자랑했던 울적합 대추장의 아내였던 그녀였다. 또한 대추장이 죽은 이후 한동안 그를 대신하여 울적합 모든 부족을 이끌기도 했었다.

 그런 전력(前歷) 덕분에 유화부인은 울적합을 비롯한 여진족의 팔대부족 대추장들과 약간의 친분이 남아 있었다. 그리고 유화부인은 그 친분을 이용하여 여진족 대추장들과 강만리와의 회합을 주선하는 중이었다.

 "늦어도 올해 안에는 확답을 받을 거예요."

 유화부인은 현재 추진 중인 회합의 상황에 대해서 설명했다.

 북해와 만주는 대륙만큼이나 거대한 크기를 자랑하는 땅이었다. 여진의 팔대부족은 어느 한 지역에 정착하지 않은 채 그 광활한 땅 곳곳을 누비며 살아갔고, 그로 인해 서로 연락을 주고받는 게 늦을 수밖에 없었다.

 "괜찮습니다. 군악이 돌아올 때까지는, 그리고 축성 사업이 완성될 때까지는 우리도 시간이 필요하니까 말이죠."

 강만리는 그렇게 말하면서 문득 화군악을 떠올렸다.

 그와 헤어진 지 벌써 한 달 가까이 흘렀다. 모르기는 몰라도 지금 즈음이면 그 만박서생인가 만박거사인가 하는 자를 만나 벽력당이나 축융문에 대해서 이야기를 들었을 것이다.

그리고 그 정보를 토대로 대륙 전역을 뒤지며 벽력당과 축융문을 만나기 위해 불철주야 노력하고 있을 게 분명했다.

'고생하고 있겠구나.'

안쓰러운 마음이 들었다.

겉으로야 티격태격, 마음에 들지 않는다는 둥 하면서 핀잔을 주기도 하지만 그래도 강만리의 친동생 같은 이가 바로 화군악이었다.

어린 시절부터 인연을 맺고 정을 쌓은 관계라서 그런지, 다른 어떤 형제들보다 조금 더 마음이 가는 그런 녀석이었다.

'나중에 돌아오면 한바탕 칭찬해 줘야겠지?'

강만리는 생각을 정리하곤 유화부인을 향해 입을 열었다.

"다른 세 종족과는 연락이 되지 않는 겁니까?"

"그게……."

유화부인은 살짝 눈살을 찌푸리며 대답했다.

"애당초 우리 울적합과는 관계가 좋지 않은 데다가 제가 빙룡왕과 재혼한 걸 두고 여진을 배신했다고 생각하거든요."

"그리고 그 세 종족 모두 철저하게 종리군을 따르고 있는 거겠죠?"

"네. 문제는 그들 세 종족의 세력이 다른 다섯 종족을 합친 것보다 크다는 점이고…… 또 다섯 종족 중 두세 종족 역시 그들의 편이라는 점이에요."

"뭐, 후자는 제가 어찌 힘을 써 보겠습니다. 진짜 문제는 그들 세 종족이기는 한데……."

강만리는 무심코 엉덩이를 긁적이며 물었다.

"혹시 대추장이 암살당하는 일이 생기기라도 한다면……."

"아뇨. 그럼 더 큰일이 나죠."

유화부인은 그가 채 묻기도 전에 고개를 저었다.

"암살을 두려워할 그들이 아니거든요. 만약 그 암살로 우리가 협박한다면 그때는 그들 세 종족뿐만 아니라 모든 종족이 하나가 되어 일어날 겁니다."

"흐음. 그것참……."

강만리는 머쓱한 표정을 지으며 말했다.

"어쨌든 잘 부탁드립니다, 장모."

유화부인이 웃으며 말했다.

"사위를 위해서라도 최선을 다해야죠."

강만리는 더욱더 머쓱한 얼굴이 되었다.

3. 십일월(十一月)의 무창(武昌)

물론 화군악은 강만리의 추측대로 움직이지 않았다. 그

는 느긋하게 유랑객잔에서 며칠을 보냈으며 또 북경부, 자금성에서도 여러 날을 보냈다.

만약 주완룡의 축객령이 아니었더라면 아직까지도 귀신 소동을 해결한답시며 자금성에 눌러앉아 있었을 것이다.

사실 화군악 덕분에 귀신 소동의 전말을 알게 되었으니 자신이 마지막까지 해결해야 한다는 주장도 일견 납득이 갔다.

그러나 주완룡은 의외로 냉정했다.

"이제 자네가 할 일은 없네."

그렇게 딱 잘라 말하는 주완룡의 목소리는 어디까지나 부드러웠다.

"이제부터는 궁 내부의 문제가 되니까. 어쨌든 어마마마의 일이니까. 그러니 나머지 일은 내게 맡기고, 자네는 강 아우가 맡겼다는 그 중임을 완수하도록 하게. 하루라도 빨리 벽력당이나 축융문의 소재를 파악하는 게 자네는 물론, 자네의 형제들에게도 이득이 되지 않겠나?"

황태자가 그리 말하는 데야 천하의 화군악도 반박할 수가 없었다. 그는 고개를 숙인 채 대답했다.

"알겠습니다. 전하의 명을 받들어 곧바로 벽력당과 축융문의 소재를 수소문하겠습니다."

주완룡이 빙긋 웃었다.

"그게 어찌 내 명령이라고 하는가?"

"그럼 명이 아니면 제가 듣지 않아도 되겠습니까?"

"허어, 이런. 그래, 알겠다. 내 명령이라고 하자."

화군악은 무릎을 꿇고 말했다.

"태자밀위 화군악이 전하의 명을 받아 강호 무림으로 나가 보겠습니다. 돌아올 때까지 부디 옥체 만강하시기를 바랍니다."

어디서 본 게 있었을까. 아니면 적어도 한 번쯤은 황궁의 신하가 되는 흉내라도 내고 싶었던 걸까.

화군악의 엄숙하고 진지한 행동과 목소리에 주완룡은 하마터면 터질 뻔한 폭소를 억지로 참아 내며 나름대로 진중한 목소리로 말했다.

"그래. 제대로 임무를 완수하고 돌아오기를 바란다."

그렇게 주완룡과 헤어지고 자금성을 나선 화군악은 곧바로 황계 북경지부주인 염근초를 만났다.

염근초는 난처한 표정을 지으며 말했다.

"죄송합니다. 어디에 숨어 있는 건지, 생각 외로 쉽지 않네요. 황계의 모든 정보망을 동원하는 중인데, 아직 그들의 소재를 알아내지 못했습니다."

"황계의 정보망이 그 정도밖에 되지 않습니까? 차라리 흑개방의 도움을 받는 게 나을 것 같습니다."

딱딱하고 사무적인 화군악의 태도에 염근초는 흠칫 놀

라며 말했다.

"아이고, 무섭게 왜 그러십니까? 마치 조정의 심사관(審査官)을 뵙고 있는 것 같습니다."

그제야 화군악은 제정신으로 돌아왔다.

"아, 죄송합니다. 이거, 너무 역할극에 심취해 있었나 봅니다. 하하, 자금성에서 며칠 있었더니 마치 내가 궁내무사(宮內武士)라도 된 듯한 기분이 들어서요."

"그러셨던 겁니까? 정말 깜짝 놀랐습니다."

염근초는 안도의 한숨을 쉬며 말을 이었다.

"말씀하시는 거나 표정에서 좌중을 압도하는 위압감이 넘쳐흘러서, 어지간한 자들은 그 자리에서 오줌을 지리며 벌벌 떨 것 같더이다."

"아, 진짜요?"

화군악은 반색하다가 문득 무슨 생각을 떠올렸는지 이내 흐흐, 웃으며 홀로 중얼거렸다.

"가만있자. 태자밀위의 증패라는 게 궁내에서만 통용되지는 않겠지?"

"네?"

"아니, 아무것도 아닙니다. 그럼 난 태자전하의 밀명을 수행하기 위해 이만 길을 나서야 할 것 같습니다."

"네? 그건 또 무슨 말씀……."

염근초는 화군악의 말이 이해할 수 없다는 표정을 지으

며 묻고자 했다. 하지만 그가 말을 반쯤 꺼낼 때는 이미 화군악은 거리의 인파 저편으로 자취를 감춘 후였다.

"허어."

염근초는 한숨을 내쉬며 고개를 설레설레 젓고는 곧바로 객잔 안으로 들어갔다. 그러고는 점소이를 불러 은밀하게 이야기했다.

"화 공자가 독자적으로 움직이기 시작했다."

그 한마디만으로 염근초의 의중을 파악한 듯 점소이는 깍듯하게 고개를 숙이며 말했다.

"바로 전서구를 띄우겠습니다, 부주."

* * *

시간은 물처럼 빠르게 흘렀다.

북경부를 떠나 남쪽으로 이동, 하남을 지나 호광성에 이르자 이 해도 겨우 한 달 정도밖에 남지 않았다.

십일월 중순, 한겨울의 차가운 바람 앞에서는 온후하고 따듯한 기후의 무창(武昌) 역시 옷깃을 단단히 여며야 했다.

예로부터 장강의 북쪽 지류인 한수(漢水)가 장강과 합류하는 지점을 둘러싼 세 개의 지역, 즉 무창부와 한양부(漢陽府), 한구(漢口)를 합쳐 세상 사람들은 무한삼진(武漢三鎭), 줄여서 무한(武漢)이라고도 불렀다.

그 무한의 무창은 전국시대 시절 초나라의 도읍지이자, 삼국시대에는 손권의 오나라 마지막 도읍지이기도 했다.

한수가 흐르는 비옥한 토지와 주변 여러 성(省)과의 접근이 용이하다고 해서 구성지회(九省之會)라고 불릴 정도로 교통이 발달한 곳이었다.

당연히 무창을 오가는 상인들이나 여행객들의 수는 다른 어떤 성시(城市)보다도 많았으니, 무창을 통하는 성문 주위에는 새벽부터 저녁 늦게까지 언제나 거대한 뱀과 같은 행렬의 줄이 길게 이어져 있었다.

무창에 당도한 화군악은 매서운 북풍을 견디며 몇 시진째 줄을 서며 기다리는 사람들의 행렬은 아랑곳하지 않은 채 곧장 성문 입구로 다가갔다.

문을 지키는 포졸과 병졸들이 눈을 부라리며 말했다.

"좋은 말로 할 때 가서 줄이나 서게."

화군악은 아무런 말 없이 품에서 증패 하나를 꺼내 보였다. 태자밀위의 증패였다.

포졸과 병졸들의 눈이 휘둥그레졌다. 생전 처음 보는 증패였지만, 그 뒷면의 황제직인(皇帝職印)만큼은 충분히 알아볼 수 있었다.

"자, 잠시만 기다리십시요."

말투부터 달라졌다.

포졸이 허둥지둥 달려갔고, 얼마 지나지 않아 성문 경비의 책임자인 포두가 황급히 뛰어왔다. 그는 주의 깊게 증패를 관찰하고는 그 직인이 진짜임을 확인하자마자 빠르게 허리를 굽혀 인사했다.

"무창 관아의 포두, 방기승(傍起勝)이 삼가 태자밀위께 인사드립니다."

그러자 주변 포졸과 병졸들 모두 허둥지둥 허리를 숙였다.

줄을 늘어선 사람들이 그 광경을 보고 수군덕거리는 가운데 화군악이 점잖게 말했다.

"백성들이 지켜보는 자리요. 다들 허리를 펴시오."

단어 선택부터 달랐다. 사람도 행인도 아닌 백성이었다. 포두 방기승은 이 젊은이가 태자밀위임을 전혀 의심하지 않은 채 그의 지시에 따라 허리를 펴며 입을 열었다.

"어쩐 일로 무창에 오셨는지요? 상부에 보고를 드려야 합니까? 지부(知府)께서는 지금……."

"아니, 개인적인 용무로 왔으니 굳이 연락할 필요 없소. 그럼 들어가도 되겠소?"

"아, 예. 물론입니다. 어서 안으로……."

방기승은 직접 화군악을 안내하여 성문 옆에 나 있는 조그만 쪽문으로 그를 통과시켜 주었다. 화군악은 방기승을 향해 가볍게 고갯짓을 한 후 성큼성큼 걸어갔다.

화군악의 입가에 미소가 스며들었다.

줄을 섰다면 늦은 저녁 무렵에나 겨우 통과할 일이었는데, 증패를 내보인 것만으로 반각도 채 되지 않아서 간단하게 성문을 지날 수 있었다.

그건 무창뿐만이 아니었다. 북경부에서 예까지 지나쳐 오는 동안 들린 모든 성시에서, 화군악은 그저 증패 하나만으로 최고의 대우를 받을 수 있었다.

어느 성시에서는 최고 권력자인 지부가 직접 달려 나와 제발 자신이 성의를 보이게끔 하룻밤 묵어 달라며 애원하기까지 했다.

결국 지부의 간곡한 애원을 떨쳐 내지 못한 화군악은 그날 밤 성시에서 가장 화려하고 격조 높은 청루(靑樓)에서 온갖 산해진미 가득한 요리와 함께 십여 명의 아름다운 기녀들과 더불어 밤새껏 요란하게 놀았다.

그뿐이 아니었다. 다음 날 지부는 노잣돈으로 사용하라면서 금 천 냥을 건네기까지 했으니, 화군악은 그저 증패 하나만으로 무소불위의 권력자가 된 기분을 맛볼 수 있었다.

'왜 사람들이 권력을 추앙하고 좇는지 알 것 같다.'

지부는 곧 하나의 성시를 관장하는 장관이자 총독이라 할 수 있었다. 말 그대로 그 성시에서는 황제와 같은 권력을 누리는 자였는데, 그런 지부가 온종일 고개를 조아리고 손을 비비며 극진하게 대접하는 것이니 어찌 오만해지지 않을 수 있겠는가.

'진짜 이참에 황궁 사람이 되어 볼까?'

화군악은 환관 장대평의 제안에 대해 다시 한번 진지하게 고민하면서 황학루로 발길을 향했다.

오나라 시절 손권이 지었다는 황학루는 한수를 앞에 둔 언덕에 우뚝 서 있었다. 한겨울임에도 불구하고 두툼한 옷을 입은 유객(遊客)과 처자들이 각 층마다 자리를 잡고 술이나 차를 마시며 놀고 있었다.

화군악은 굳이 황학루에 오르지 않고, 첫 번째 계단 바닥에 낙서하듯 표식을 남겼다. 오가는 이들이 많은 곳이었지만 화군악이 미리 주의한 까닭에 그가 표식을 남기는 모습을 본 이는 아무도 없었다.

담우천이 이야기해 준 그대로 표식을 그린 화군악은 문득 고개를 갸우뚱거렸다.

"그런데 사흘 내내 이곳을 떠나지 않고 기다려야 하는 건가? 아직 묵을 장소를 정하지도 않았는데, 그 만박거사는 내가 있는 곳을 어떻게 알아낼 수 있을까?"

그의 의문은 당연했다. 담우천이 가르쳐 준 표식에 화군악이 묵을 숙소까지 포함되어 있을 리는 만무했다.

즉, 지금 누군가 화군악을 주시하고 그 뒤를 쫓지 않는 이상, 화군악이 묵게 될 숙소는 그 누구도 알아낼 수 없었다.

"쳇. 그럼 결국 새벽부터 밤까지 계속 이곳에 나와 있어야 하나 보네."

화군악은 투덜거리며 발길을 돌렸다. 그나마 황학루에서 가장 가까운 숙소를 찾아보려는 것이었다.

하지만 만박거사라는 별호도 괜히 붙여진 게 아닌 모양이었다.

화군악이 황학루에서 조금 떨어진, 무창에 와서 두 번째로 묵게 된 화양객잔(華陽客棧)의 별채를 빌린 바로 그날 밤, 놀랍게도 한 명의 늙은이가 그 화양객잔의 별채로 그를 찾아온 것이었다.

바로 만박거사 공 노대였다.

10장.
거래(去來)

물론 화군악은 지금 오대가문과 태극천맹 측에서
자신을 포함한 무림오적을 무림의 공적이라고 규정한 후,
각 관아의 협력을 받아 대륙 전역에
그들의 용모파기를 내걸고 현상 수배하려는 중임을 알지 못했다.

거래(去來)

1. 문전성시(門前成市)

그 이틀 동안, 적지 않은 일들이 화군악에게 일어났다. 그중에서도 가장 큰일은 역시 무창 지부의 초대였다.

화군악이 황학루에서 그리 멀리 떨어지지 않은 곳에 위치한 설담객잔(雪談客棧)의 별채에 짐을 푼 다음 날 아침, 한 명의 중인(中人)과 두 명의 포졸이 붉은 배첩을 들고 나타났다.

배첩 안에는 태자밀위와 함께 오찬을 즐기고 싶다는 지부의 정중한 초청장이 들어 있었다.

화군악은 내심 혀를 차며 물었다.

"내가 이곳에 머무는지 어찌 아셨소?"

중인은 허리를 굽힌 상태로 대답했다.

"어제 낮에 포두 방기승의 연락을 받고 부랴부랴 사람들을 풀었습니다. 인근 오십여 개의 객잔과 주루를 찾아다니면서 수소문했는데, 이곳 지배인이 밀위의 그 품격 넘치는 외모가 인상 깊었는지 입을 열자마자 금세 알아차리더이다."

"허어."

화군악은 어이가 없었다.

이렇게나 간단하게 자신의 종적이 밝혀지다니. 만약 지부가 못된 마음을 먹었더라면, 아니 못된 마음을 먹은 자가 자신의 뒤를 캐려 했다면 생각보다 쉽게 자신의 행적이 드러날 수 있는 것이었다.

'앞으로 조금 더 조심해야겠다.'

유주에서의 참패 이후 오대가문이 눈에 불을 켜고 있을 것이다. 만약 그들과 부딪치기라도 한다면 상당한 곤욕을 치를 수도 있었다.

물론 화군악은 지금 오대가문과 태극천맹 측에서 자신을 포함한 무림오적을 무림의 공적이라고 규정한 후, 각 관아의 협력을 받아 대륙 전역에 그들의 용모파기를 내걸고 현상 수배하려는 중임을 알지 못했다.

하지만 화군악은 무창 지부의 초청장을 받으며 자신의 행동에 더욱 조심하고 주의해야겠다고 경각심을 갖게 되었으니, 어쩌면 그 초청장이야말로 행운이라고 할 수도 있었다.

"알겠소. 비록 개인적인 용무로 들르기는 하였으나 지부의 정중한 초대를 거절할 명분이 없으니, 가겠소이다."

"그럼 시간에 맞춰 사람을 보내겠습니다."

중인과 포졸은 곧 자리를 떴다.

그리고 약속대로 정오 무렵, 일련의 사람들이 다시 별채의 문을 두드렸다.

화군악이 밖으로 나오자, 한눈에도 평범해 보이지 않는 사인교(四人轎)와 함께 십여 명의 사내들이 기다리고 있었다.

화군악은 가볍게 눈살을 찌푸리며 사내들을 둘러보다가 문득 얼굴이 익은 사내를 발견하고는 눈을 부라렸다. 바로 성문을 지키던 포두 방기승이었다.

방기승은 의기양양한 얼굴로 자랑스레 서 있다가 갑자기 화군악의 성난 눈빛을 보고는 화들짝 놀라 고개를 숙였다.

화군악이 속으로 한숨을 내쉬었다.

'그래, 상부의 칭찬을 받으려고 한 네놈이 뭔 잘못이겠느냐? 이해한다.'

화군악은 속으로 화를 삭이며 말했다.

"그럼 갑시다."

거래(去來) 〈293〉

화군악은 거침없이 사인교에 올랐고, 네 명의 장정이 사인교를 짊어졌다. 그리고 방기승을 비롯한 포졸들이 양옆으로 늘어선 채 커다란 고함을 지르며 길을 텄다.

 "무창 지부의 교자이시다! 앞을 가로막는 자는 크게 벌을 줄 것이다!"

 그 요란한 소리에 행인들은 물론 객잔 사람들까지 밖으로 나와 화군악의 행차를 구경했다.

 화군악은 슬슬 뒤가 켕기기 시작했다. 아무래도 일을 너무 크게 벌이고 있는 게 아닐까 싶었다. 화군악이 태자밀위를 함부로 남용하는 걸 알게 된다면 강만리나 주완룡 모두 그를 나무랄 게 분명했기 때문이었다.

 하지만 지부의 융숭한 대접을 받으면서, 생전 처음 보는 온갖 화려한 음식과 우아한 기녀들의 노래와 춤사위, 그리고 적지 않은 금액이 담긴 봉투까지 받아 들면서 화군악의 마음은 이내 풀어졌다.

 '아무려면 어때? 즐길 때는 즐겨야지.'

 화군악은 그렇게 거들먹거리며 사인교를 타고서 다시 설담객잔으로 돌아왔다.

 하지만 그게 끝이 아니었다. 외려 문제는 그때부터 시작되었다.

 화군악이 자금성의 고위 인사라는 소문이 퍼지면서 설담객잔 사람들의 대우가 달라졌다. 감히 화군악 앞에서 고개를 들지 못하고 말조차 제대로 하지 못했다.

또한 지부와의 오찬이 끝난 걸 기다렸다는 듯이 설담객잔의 별채로 붉은 배첩을 든 수십 명의 하인들이 밀려들었다. 그들은 서로 먼저 화군악에게 배첩을 전달하겠다며 말다툼은 물론 몸싸움까지 서슴없이 벌였다.

물론 그들은 무창의 고위직, 호족, 명망 높은 인사, 거상들이 보낸 자들이었다.

사실 무창에서 나름대로 세도 좀 부린다 싶은 자들은 너 나 할 것 없이 화군악과의 자리를 만들고 싶은 건 너무나도 당연한 일이었다.

어떻게든 황궁의 사람과, 그것도 차기 황제가 될 황태자의 측근에서 그를 모시는 사람과 인연을 맺고 친분을 쌓는다는 건 곧 자신들의 미래가 결정되는 일이었으니까.

그렇게 배첩을 든 자들이 문전성시(門前成市)를 이룬 채 서로 싸우는 광경을 지켜보면서, 화군악은 정신이 바짝 들었다. 자신이 지금 이 상황을 너무 안일하고 무르게 보고 있다는 생각이 들었다.

자칫 이러다가는 태극천맹의 무창 지부 사람들이나 혹은 오대가문 사람들까지 화군악을 초빙하는 일이 벌어질 수도 있었다.

'정신 차리자. 이러다가는 큰일 나겠다.'

화군악은 곧 냉정한 얼굴로 문밖으로 나섰다. 배첩을

가지고 온 자들이 싸움을 멈추고는 일제히 허리를 숙였다. 화군악은 그들을 바라보며 더없이 싸늘하게 말했다.

"앞으로 배첩을 가지고 온 자는 그 목을 벨 것이고, 그 주인 된 자는 국법(國法)을 동원하여 크게 문책할 줄 알도록."

말 한마디 한마디마다 매서운 살기가 흘러나왔다. 배첩을 가지고 온 이들은 예리한 칼에 자신의 뒷덜미가 베이는 듯한 서늘한 촉감과 공포를 맛보아야만 했다.

화군악의 서슬 퍼런 경고에 감히 누구 하나 대꾸하거나 항변하는 이가 없었다.

쾅!

화군악은 소리 나게 문을 닫고 다시 별채로 돌아갔다.

별채 밖 사람들은 조금 전까지 서로 멱살을 쥐고 싸운 것도 잊은 채 머리를 맞대고 의견을 나누었다. 결국 뾰족한 수를 내지 못한 이들은 어깨를 축 늘어뜨리고는 허탈한 모습으로 되돌아갈 수밖에 없었다.

화군악은 그제야 한숨을 돌렸다. 하지만 언제 또 이런 일이 벌어질지 아무도 몰랐다. 차라리 그 전에 아무도 모르게 숙소를 옮기는 게 낫다 싶었다.

화군악은 야반도주하듯 짐을 꾸려 몰래 별채를 빠져나왔다. 그는 모든 기척을 숨기고 별채의 담을 뛰어넘자마자 그대로 전력을 다해 경공술을 펼쳤다.

그렇게 설담객잔과는 정반대의, 황학루에서도 상당히

거리가 떨어진 곳에 있는 객잔을 찾아 별채를 빌렸다. 그게 지금의 화양객잔이었다.

화양객잔의 별채에서 짐을 풀면서 화군악은 웃었다.

"내가 전력을 다하면 말이지 누구도 내 행적을 찾을 수가 없거든. 설령 담 형님이나 예추라 할지라도 내 은밀한 행적을 전혀 눈치채지 못할 거야."

하지만 화군악의 미소는 금세 사라졌다. 바로 그날 밤, 별채의 문을 두드리는 노인이 있는 탓이었다.

화군악의 심장이 쿵쾅거렸다.

자신이 진심으로, 전력을 다해서 그 누구도 찾지 못하게끔 움직였음에도 불구하고 이렇게 별채의 문을 두드리는 사람이 나타날 줄이야.

'과연 이 정도라면 그 배첩의 주인이 누구인지 궁금할 지경이다.'

화군악은 그런 생각을 하면서 별채의 문을 열었다.

중키에 짧은 목, 딸기코의, 평범하게 나이를 먹은 듯한 늙은이었다.

화군악은 노인의 아래위를 훑어보면서 물었다.

"어느 분의 배첩을 가지고 오셨소?"

노인은 의아하다는 표정을 지으며 되물었다.

"그대가 황학루 계단에 표식을 남기지 않았나?"

"네? 어라?"

화군악의 눈이 휘둥그레졌다.

"그러니까…… 고관대작의 배첩을 가지고 온 하인이 아니라 만박거사 공 노대란 말씀이십니까?"

노인이 코웃음을 치며 되물었다.

"내가 일개 하인처럼 보이나?"

"아, 아닙니다. 제가 사람을 잘못 봤습니다. 어서 들어오시죠."

화군악은 황급히 그를 별채로 안내했다.

2. 노야(老爺)

"태자밀위가?"

"네, 그렇습니다. 어제 입성했으며 오늘 낮에 지부와 오찬을 나눴다고 합니다. 지금 성내에 소문이 빠르게 퍼지는 중입니다. 나름대로 내로라하는 이들이 어떻게든 그와 인맥을 쌓기 위해 배첩을 들고 찾아가는 중입니다."

"흐음, 기막힌 우연이로군. 내가 며칠 자리를 비운 사이에 그런 일이 일어났군그래. 그래, 무슨 연유로 태자밀위가 이곳 무창에 들렀는지는 알아냈나?"

"그게…… 개인적인 용무라고 했답니다."

"설마. 개인적인 용무로 온 사람이 지부와 오찬을 즐기다니, 그게 말이나 되는 소리인가?"

"안 그래도 그 부분을 수상쩍게 여기는 중입니다. 개인적으로 왔다면서 굳이 수문장에게 태자밀위의 증패를 내보인 것부터 평범하지 않으니까 말입니다."

"수문장에게 확인해 보았나?"

"네. 당시 수문장은 포두 방기승이라는 자로, 몇 번이고 증패의 직인을 확인했다고 합니다. 확실히 황제직인이 분명했다고 증언했습니다."

"흐음. 태자밀위라……."

"혹시…… 노야께서 황태자가 아닌 삼황자를 밀었다는 걸 그쪽에서 눈치챈 거라면 문제가 심각해질 것 같습니다."

"뭐, 그건 모르는 일이다. 괜히 미리 겁먹을 필요는 없다. 또 설령 눈치챘다 하더라도 달랑 한 명의 밀위만 보낸 걸 보면 아직 긴가민가한 수준에 불과할 테니까."

"아, 그렇군요. 만약 확신했다면 한 명의 밀위가 아닌, 최소한 수백 명의 동창, 금의위 무사들까지 함께 보냈을 테니까요."

"그렇지. 설마 한 명으로 나를 잡으려고 했다면 그건 그야말로 나를 무시하는 걸 넘어서 애당초 나에 대해서 아무런 것도 모르고 있다는 방증이기도 하니까."

"그렇다면 왜 황태자의 밀위가 이렇게 어수선하게 소란을 피우면서 무창에 입성했을까요?"

"허어, 지금 막 돌아온 참이다. 그걸 어찌 내게 묻는 게냐? 그런 건 네 녀석이 미리미리 조사해서 내게 보고하는 게 순리가 아니더냐?"

"죄송합니다, 노야."

"됐다. 하기야 네게 그런 것까지 바라는 건 욕심이겠지. 아무리 세상이 넓다 한들 문무(文武) 쌍절(雙絶)의 고수라는 게 어디 그리 흔하겠느냐? 너는 그저 지금처럼 최고의 무위로 내 호위 역할에 충실하면 된다. 머리를 굴리는 건 내가 할 테니 말이다."

"명심하겠습니다."

"그래. 그럼 무엇부터 할까? 우선 나는 목욕을 한 다음 어화(御華)들의 음기(陰氣)를 흡정(吸精)할 것이다. 그동안 좌결(左潔) 너는 우결(右潔), 중결(中潔)과 더불어 그 태자밀위의 지난 행적을 확인하는 한편, 배첩을 돌려 나와의 만남을 주선하도록 해라. 머리 쓰는 건 그나마 우결이 나으니 배첩의 내용은 그에게 맡기도록 하고."

"우결은 지금 한구에 가 있으니 바로 사람을 보내 돌아오게 하겠습니다."

"그랬구나. 어쩐지 네가 날 맞이하나 했다. 그럼 중결은?"

"중결도 자리를 비운 상황입니다. 한양의 상회(商會)에 약간의 문제가 생겼다고 그걸 해결하러 갔습니다."

"흐음, 큰 문제는 아니겠지?"

"큰 문제였으면 우결이 갔을 테고, 그조차 해결하지 못할 일이라면 이미 노야께 보고를 올렸을 겁니다."

"그랬겠지. 좋아. 어쨌든 내 지시대로 하도록 하고……. 어이구, 건곤가에서 예까지 사흘 동안 마차를 타고 왔더니 여기저기 쑤시지 않는 곳이 없군그래. 천예무 그 늙은이 때문에 이게 무슨 고생인지……. 이제 며칠 거리의 여행이 힘들어지는 걸 보면 나도 많이 늙은 것 같아."

"그런 말씀 하지 마십시오. 여전히 노야는 젊고 건강하십니다. 참, 이번에 새로 다섯 명의 어화를 선별했습니다. 어리고 음기 충만한, 그리고 확실한 처녀들입니다."

"호오, 그래? 왜 그걸 이제 말하누? 태자밀위 따위보다 그걸 먼저 보고했어야지."

"죄송합니다."

"좋아. 그럼 목욕 후, 그 새로운 어화들을 들여보내도록 해라. 오래간만에 맛 좋은 순정음기(純精陰氣)를 한껏 흡입할 수 있겠구나."

"그리 준비하겠습니다."

* * *

노야가 목욕을 마치고 다섯 어린 소녀들의 음기를 흡정하는 동안, 급한 전갈을 받은 우결이 돌아왔다. 또한 한

양의 일을 무사히 끝낸 중결도 귀환했다.

좌결이 그들에게 노야와의 대화에 관해서 이야기하자 우결은 혀를 찼다.

"운도 없지. 하필이면 자네가 노야를 맞이하는 바람에 우리 삼결(三潔)의 체면이 말이 아니게 되었네."

좌결이 눈살을 찌푸렸다.

"체면 운운할 것까지는 아닌 것 같은데."

중결이 고개를 끄덕였다.

"노야께서는 그런 부분까지 미리 알고 계실 테니까."

"뭐 그렇다면야. 어쨌든 중결 자네는 그 태자밀위가 북경부에서 이곳까지 온 여정을 역행(逆行)해서 그 행적을 확인해 보게. 무엇보다 누구를 만나면서 왔는지를 중점적으로 알아보고."

"알겠네."

"그리고 우결 자네는 태자밀위 주변을 감시하는 한편, 혹시라도 그를 따르는 수하들이나 심복이 있는지도 살펴보게. 아무리 생각해도 그 혼자 왔을 리는 없을 테니까."

"왜 그리 생각하나?"

"내 생각에는 아무래도 황태자가 노야의 반란(反亂)에 대해서 어느 정도 감지한 게 아닌가 싶으이. 그렇지 않고서야 항상 황태자의 곁에 머물러 있어야 할 밀위가 이렇게 공공연하게 모습을 드러낼 이유가 없으니까. 아무래도 타초경사의 계략인 듯싶네."

"타초경사? 그건 괜히 풀을 휘저어서 놀란 뱀이 도망치게 만드는 어리석은 행동을 말하는 게 아닌가?"

"흠, 그래서 노야께서 자네를 문무쌍절이 아니라고 하는 걸세. 타초경사에는 일부러 풀을 휘저어 숨어 있던 뱀이 놀라 모습을 드러내게 만든다는 뜻도 있다네."

"호오, 그러니까 도둑 제 발 저리게 만들겠다는 속셈이로군그래."

"그렇지. 바로 그런 계략이라고 생각하네."

"알겠네. 그럼 놈과 놈의 주변을 샅샅이 조사하고 주시하겠네."

"좋아. 그럼 나는 정중하게 노야께서 오찬에 초대한다는 배첩을 가지고서 직접 그를 만나 보겠네. 상대의 의도를 알기 위한 가장 좋은 방법은 역시 직접 만나서 대화를 나눠 보는 것이니까."

"그럼 다들 할 일이 정해졌군."

"노야께서 우리에 대한 신뢰를 잃지 않도록 다들 최선을 다해 주기 바라네."

* * *

노야는 노련하고 능수능란했다.

어디를 만져야, 어떻게 애무해야 여인의 호흡이 가빠지고 달뜨게 되는지, 허리가 절로 들리고 아랫배가 파도처럼 요동치는지 정확하게 알고 있었다.

단 한 번도 사내의 손길을 타지 않은 어린 소녀들은 갓 잡은 은어(銀魚)처럼 어찌할 바 모르는 채 파닥거렸다. 참으려 해도 절로 터져 나오는 신음을 막느라 두 손으로 입을 막은 채 작고 새하얀 발가락을 안으로 꼬고 비틀면서 정신을 차리지 못했다.

그렇게 쾌락과 환희에 젖게 될수록 여체의 깊숙한 곳에서 흘러나오는 꿀물의 순도는 더욱 높아졌다. 노야는 그 꿀물과 함께 소녀들의 순수한 음기까지 한껏 빨았다.

흡정술은 크게 두 가지로 분류되었다.

하나는 등의 명문혈, 정수리의 백회혈, 발바닥의 용천혈 등에 손을 대고 내공을 운기하여 직접적으로 음기, 혹은 양기를 빨아들이는 방식이었다.

빠르면서도 한꺼번에 많은 양의 정기를 흡수할 수 있다는 장점이 있지만, 반대로 그렇게 한 번 정기를 흡수당한 자는 피골이 상접한 채 목숨을 잃거나 두 번 다시 정기를 흡수할 수 없는 폐인이 되며, 또한 그렇게 흡수한 정기가 순정하지 않다는 단점이 있었다.

또 지금의 노야처럼 성적인 교접(交接)을 통해 입과 생식기 등에서 정기를 흡수하는 두 번째 흡정술은 적은 양의 정기를 꽤 느리게 흡입하는 문제를 지니고 있었다.

하지만 첫 번째보다 훨씬 순도 높은 정기를 흡입할 뿐만 아니라, 한 번에 대상자를 죽이지 않고 오랫동안 계속해서 그 정기를 흡수할 수 있다는 장점이 있었다.

그리고 무엇보다 노야의 음탕한 욕구까지 채울 수 있다는 게 가장 큰 장점이라 할 수 있었다.

한바탕 흡정술을 끝내고 보니 어느새 깊은 밤이 되었다. 노야는 가부좌를 틀고 앉아서 오늘 하루 내내 흡입한 순도 높은 음기를 자신의 것으로 만드는 운기조식을 시작했다.

다섯 명의 어린 소녀는 벌거벗은 온몸을 새빨갛게 물들인 채 아무렇게나 침상에 나자빠져 있었다. 몇몇은 기절한 듯 꼼짝도 하지 않았고, 또 몇몇은 눈을 꼭 감은 채 아직도 가라앉지 않은 달뜬 숨을 내뱉고 있었다.

운기조식을 끝낸 노야가 자리에서 벌떡 일어났다. 기력과 활력이 충만한 것이, 확실히 오늘 아침보다 몇 배는 더 건강하고 젊어진 기분이었다.

"마음에 들었다. 너희들은 아주 특별하게 관리해 주마."

노야는 기분 좋은 미소를 지으며 침상의 소녀들을 향해 그렇게 말한 후 옷을 입고 침소에서 나왔다. 복도를 따라 대청에 이르자, 우결이 부복한 채 그를 기다리고 있었다.

거래(去來) 〈305〉

노야는 태사의에 앉으며 물었다.

"무슨 일이냐?"

우결이 난색을 보이며 대답했다.

"사라졌습니다."

"음? 누가?"

"태자밀위가 사라졌습니다. 머물고 있던 객잔 별채에서 아마도 모르게 도주하였습니다. 아무래도 우리의 추적을 알아차린 모양입니다. 지금 좌결이 그의 행방을 수소문하는 중입니다."

"허어."

기껏 좋았던 기분이 삽시간에 가라앉았다.

노야는 눈살을 찌푸리며 말했다. 그의 목소리가 서늘했다.

"모든 이를 동원하여 그의 행방을 찾도록."

우결이 고개를 숙였다.

"명을 따르겠습니다, 노야."

3. 영업 비밀

화군악의 안내를 받으며 그가 새롭게 묵고 있는 화양객잔의 별채에 들어선 공 노대는 주인처럼 먼저 차탁에 앉으며 화군악에게 말했다.

"자리에 앉게."

화군악은 그런 공 노대의 무례한 행동이 외려 마음에 들었다. 상식에 벗어나는, 예의나 예법을 존중하지 않는 건 누구보다 화군악이 즐겨 하는 행동이었다.

화군악은 맞은편 차탁을 끌어당겨 앉으며 물었다.

"어떻게 이곳을 알고 찾아오셨습니까?"

"그 정도도 모르고 어찌 만박 운운할 수 있겠나?"

"그래도 궁금하네요."

"영업 비밀이네. 다 알려 주면 난 뭘 먹고 살아가겠나?"

그렇게 말을 돌린 공 노대는 화군악의 얼굴을 뚫어지게 쳐다보며 입을 열었다.

"요즘 강호에 그 소문이 흉흉한 무림오적 중 한 명이로군그래."

화군악이 깜짝 놀랐다.

"소문이 흉흉합니까?"

"그래. 감히 이 태평성대를 구가하게 해 주신 태극천맹과 오대가문을 상대로 싸우고자 하는, 희대의 마두들이라고 하더군. 소문에 따르자면 말일세."

"호오, 그런 식으로 소문이 났군요. 그럼 제가 그 희대의 마두인 무림오적 중 누구라고 생각하십니까?"

"당연히 담우천은 아니고, 무림포두라 불리는 강만리

거래(去來) 〈307〉

도 아니겠지. 사천 성도부 포두 시절 때의 활약상을 꽤 오래전부터 들었으니 나이가 맞지 않아."

화군악은 더욱 공 노대에게 호감을 느끼며 물었다.

"그래서요?"

"설벽린인가 하는 기생오라비도 아니겠지. 기생오라비처럼 예쁘장하게 생기지 않았으니까. 그렇다면 무림엽사 장예추 아니면 천하의 말썽꾸러기 화군악 둘 중 하나인데."

공 노대의 말에 화군악이 발끈했다.

"제가 왜 천하의 말썽꾸러기입니까?"

공 노대는 고개를 끄덕였다.

"알았네, 자네가 누구인지."

"이런."

화군악은 당황했다.

저도 모르게 공 노대의 격장지계에 넘어가 제 신분을 스스로 토해 내고 만 것이었다.

화군악은 눈을 동그랗게 뜨고 공 노대를 바라보다가 불쑥 질문을 던졌다.

"제가 만약 반응하지 않았더라도 알아차리실 수 있었습니까?"

"물론이네. 처음부터 자네가 화군악이라는 걸 알고 있었으니까."

공 노대는 어깨를 으쓱거리며 말했다.

"단지 내가 들은 소문처럼 혈기 방장하고 자존심 강하고 다혈질적인 성격을 지녔는지 확인하기 위해서 그런 말장난을 한 것뿐일세. 확실히 소문이 틀리지는 않았군."

"아니, 도대체 어디에서 그런 해괴한 소문을 다 듣는 겁니까?"

"그것도 영업 비밀일세."

공 노대는 그렇게 말하고는 객청 주변을 두리번거렸다.

"술은 없나?"

"아, 가지고 오겠습니다. 어떤 술을 좋아하시는지요?"

"싸면 쌀수록 좋네. 술은 자고로 싸야 맛있으니까."

"네?"

화군악의 눈이 다시 한번 동그랗게 변했다. 세상 처음 들어 보는 주론(酒論)이었다.

하지만 그는 가타부타 토를 달지 않았다. 공 노대에게 잠시 기다리라는 말을 한 후 곧바로 별채를 벗어나 객잔으로 향했다. 영업이 끝난 후였지만 남아서 청소를 하고 있던 점소이가 그를 반갑게 맞이했다.

"제일 싼 술로 한 동이 주게."

화군악의 주문에 점소이의 입가에서 한순간 미소가 사라졌다. 그러나 점소이는 노련하게 거짓 미소를 지으며 주방 뒤 창고에서 커다란 술동이를 들고나왔다.

거래(去來) 〈309〉

"가격이……."

"나중에 계산하지."

화군악은 점소이의 품에서 술동이를 빼앗듯 건네받고는 서둘러 별채로 돌아왔다. 공 노대는 여전히 그 자리, 그 자세로 차탁에 앉아 있었다.

공 노대는 코를 쿵쿵거리더니 이내 만족한 듯 고개를 끄덕이며 말했다.

"아주 싸고 좋은 화주(火酒)로군. 역시 화양객잔의 화주가 일품이지."

아닌 게 아니라 일반 화주에 비해서 이곳 화양객잔의 화주는 그 맛이 깔끔했으며 쉽게 목을 넘어갔다. 한 잔에 머리가 어질할 정도의 도수나 그 특유의 향기가 아니었다면, 산서 분주(汾酒)라고 우겨도 될 것 같았다.

그렇게 석 잔의 술을 마신 후 공 노대는 혀로 입술을 핥으며 입을 열었다.

"그래, 담 아우는 잘 있고?"

"네. 잘 계십니다."

"나찰염요와 혼인해서 자식을 낳았다는 이야기까지는 들었네. 아주 귀여운 딸이라지?"

화군악은 이 평범해 보이는 노인의 정보력에 새삼 혀를 내둘렀다.

도대체 일개 개인이 알고 있기에는 그 정보량이 하늘처

럼 넓고 바다처럼 깊었다. 말 그대로 공 노대는 홀로 황계나 흑개방의 정보망과 대적할 수 있는, 그야말로 일인방(一人幇)의 품격을 제대로 보여 주고 있었다.

화군악은 애써 침착한 얼굴로 물었다.

"그럼 우리 무림오적에 대해서 어디까지 아십니까? 아니, 가장 최근의 소문은 무엇입니까?"

공 노대는 화주 한 잔을 비우고 나서야 비로소 대답했다.

"이제부터는 돈을 받아야 할 질문들이 나오는군그래."

"아, 원래 돈을 내야 하는 겁니까?"

"그럼 나는 뭘 먹고 살아가누? 그리고 내게 온갖 소문을 물어다 주는 새와 쥐들의 먹이는 뭘로 사고?"

"새와 쥐가 소문을 물어다 줍니까?"

"말이 그렇다는 걸세."

"으음, 그럼 질문 하나당 가격이 어떻게……."

"후불로 받겠네. 어쨌든 담 아우의 소개가 있었으니까."

"아니, 그래도 가격을 제대로 알아야……."

"깎아 주면 깎아 줬지 설마 내가 자네에게 바가지를 씌우겠나? 걱정 말게나. 그래, 질문이 뭐였더라? 아, 무림오적에 관한 최근의 소문 말인가?"

공 노대는 게서 말을 끊은 후 다시 한 잔의 화주를 물처럼 들이켰다. 그러고는 빈 잔에 술을 따르며 천천히 입을 열었다.

"태극천맹에서 자네들을 무림의 공적으로 규정하고 전 대륙에 자네들의 용모파기를 건 방을 붙이려 하네. 물론 상당한 액수의 현상금도 걸겠지."

"이런……."

화군악은 전혀 뜻밖의 이야기에 저도 모르게 한숨을 내쉬었다.

'아니, 태극천맹이라면 비밀리에 강 형님께 청부까지 했잖아? 그런데도 무림공적으로 규정한다는 건…….'

아무래도 맹주 정문하조차 도저히 막을 수 없을 정도로 무림오적에 대한 규탄과 원성이 커진 모양이었다.

하기야 금적산의 장원과 이번 유주에서 상당히 많은 태극천맹의 원로들이 목숨을 잃었으니 원로회에 소속된 강호의 노기인들이 분노하는 건 당연한 일이었다.

"그럼 두 번째 질문은?"

공 노대의 목소리가 화군악의 상념을 깨웠다. 화군악이 정신을 차리고 보자, 공 노대는 어느새 술을 비우고 재차 술을 따르는 중이었다.

화군악은 곧바로 본론을 꺼냈다.

"벽력당이나 축융문의 소재를 알고 싶습니다."

"호오."

공 노대는 차탁에 등을 기대며 화군악을 유심히 바라보았다. 마치 화군악의 얼굴에 본인조차 모르는 수많은 단

서와 정보들이 있는 것처럼, 그리고 그걸 통해서 화군악이 본심을 알아내고자 하는 것처럼 그의 얼굴을 쳐다보는 공 노대의 눈빛은 현기(玄機)까지 스며 있었다.

그리고 마침내 공 노대는 자신이 원하는 걸 알아냈다는 듯, 고개를 끄덕였다.

"강시 때문이로구먼."

'헉!'

화군악은 진심으로 놀랐다.

도대체 자신의 얼굴을 뚫어지게 쳐다본 것만으로 어떻게 그 사실까지 알아낼 수 있단 말인가.

화군악이 너무나 놀란 표정을 짓자, 공 노대는 문득 껄껄 웃으며 말했다.

"장난 좀 쳐 본 것이네. 내가 아무리 용하다 한들 관상쟁이도 아니고 어찌 자네의 얼굴을 보고 모든 걸 알 수 있겠나?"

"그럼 어떻게 아셨습니까?"

"마침 황계 역시 자네와 같은 걸 찾고 있더군. 그것도 대규모 인력과 자금을 동원해서 말일세."

공 노대는 쉬지 않고 술을 따르고 마시면서 이야기를 이어 나갔다.

"황계와 오대가문이 척을 지고 있는 건 다 아는 비밀, 그리고 건곤가가 강시를 제조하고 있다는 사실도 아는 사람은 다 아는 비밀. 마지막으로 건곤가에서 일반 전투강시나 수라강시가 아닌, 음양마라강시까지 제조하는 중이라는 건 모르는 사람은 전혀 모를 수밖에 없는 비밀. 그러니 황계를 대표하여 오대가문과 싸우는 자네들이 갑자기 벽력당과 축융문의 소재를 찾는다면?"

"역시 강시 때문이겠죠."

"바로 그걸세."

"그럼 아십니까?"

"내가 모르는 게 어디 있겠나?"

"얼마입니까. 얼마를 내면 알려 주실 수 있습니까?"

화군악이 살짝 다급한 표정으로 묻자, 공 노대는 들고 있던 술잔을 내려놓고는 문득 진지한 얼굴로 그를 쳐다보며 입을 열었다.

"제안이 있네."

"네?"

"돈보다 말일세. 우리, 거래(去來)하세."

"거, 거래라니요?"

화군악의 눈이 휘둥그레지는 순간이었다.

(무림오적 50권에서 계속)

환상이 숨쉬는 공간 파피루스 blog.naver.com/gnpdl7

[우리 아카데미 정상 영업합니다]

ROHRAN 판타지 장편소설

풍운의 꿈을 안고 상경한 아몬 드레이크
유서 깊은 아모니스 아카데미의 교사로 부임한 첫날
충격적인 소식을 접하고 마는데

"소식 못 들었소? 이 아카데미, 파산 직전이오."

게다가 아카데미에 남은 사람이라고는
도박에 빠진 학장과 주정뱅이 교사들뿐
아몬은 생각했다

"아카데미가 망하면 계약도 무효가 되지 않을까?"

탈출은 지능순이라 했다
인생을 갈아 넣기 싫다면 아카데미를 망하게 해라
세상 현명한 남자의 아카데미 탈출기가 시작된다!